Manja Jakubick

Ein Engel für Katana

Ein Engel für

KATANA

Manja Jakubick

Book Print Verlag

Bibliografische Information der Deutschen Bibliothek

Die Deutsche Bibliothek verzeichnet diese Publikation in der
Deutschen Nationalbibliografie;
detaillierte bibliografische Daten sind im Internet über
http://dnb.ddb.de abrufbar.

Book Print Verlag
Karlheinz Seifried
Weseler Straße 34
47574 Goch
http://www.verlegdeinbuch.eu

Hergestellt in Deutschland • 2. Auflage 2008
© Book Print Verlag, Karlheinz Seifried, 47574 Goch
© Alle Rechte bei der Autorin: Manja Jakubick
http://jakubick.myblog.de
© Bildillustrationen: Manja Jakubick
Satz: Heimdall DTP-Service, Rheine
ISBN: 978-3-939691-65-5

INHALTSVERZEICHNIS

PROLOG

KAPITEL 1. DIE SEELEN VERSCHWINDEN

KAPITEL 2. EINE LEKTION FÜRS LEBEN 14

KAPITEL 3. AUF DEM WEIHNACHTSMARKT 22

KAPITEL 4. ZWEI NEUE MITSCHÜLER 32

KAPITEL 5. DIE MUTPROBE 1 42

KAPITEL 6. DIE MUTPROBE 2 50

KAPITEL 7. LEIBWÄCHTER TORI 58

KAPITEL 8. ICH LIEBE DICH 64

KAPITEL 9. FEUERWERK IN SAPPORO 70

KAPITEL 10. LEIBWÄCHTER KAI 78

KAPITEL 11. DAS ENDE DER ZWEI LEIBWÄCHTER 88

KAPITEL 12. AI ERWACHT 96

KAPITEL 13. DIE ZWIESPALTUNG 102

KAPITEL 14. DER ANFANG VOM ENDE 108

DIE SEELEN VERSCHWINDEN

KAPITEL 1

Einst herrschte ein erbitterter Kampf zwischen den Engeln und den Dämonen. Diese große Schlacht gewannen die Engel jedoch für sich, da sie einen mächtigen Stein namens „Soulstone" besaßen, doch die Dämonen wurden nicht bis zur endgültigen Vernichtung ausgelöscht. Mit letzter Kraft konnte der mächtigste aller Dämonen noch ein Kind namens Kage hinterlassen, das einst Rache für die Vernichtung des Dämonenreichs nehmen und mit Hilfe des Soulstones die Vernichtung rückgängig machen soll. Fast zur selben Zeit wurde im Reich der Engel ein weiblicher, königlicher Engel namens Ai geboren. Ihr wurde der wertvollste Besitz der Engel anvertraut, weil man in ihr große Mächte spürte. Mit dem sogenannten Soulstone kann man mit den Seelen von toten, aber auch von lebenden Personen oder Tieren Kontakt aufnehmen. Aber nicht nur das, man kann alles mit ihren Seelen anstellen, was man will. Deswegen darf der Soulstone niemals in böse Hände gelangen.
Nach fast mehr als fünfzehn Jahren Frieden wurde das Reich der Engel erneut angegriffen.
„Königin Ai, ein Dämon ist in unser Reich vorgedrungen. Er vernichtet alles was ihn in die Quere kommt, er hat sogar ihre drei Leibwächter besiegt. Sie müssen von hier fliehen!", flehte ein junger Engel, der bereits schon ziemlich viele Verletzungen im Kampf gegen den Dämon eingesteckt hatte. „Oh mein Gott, wie siehst du aus? Was sagtest du da, ein Dämon? Und er hat meine drei ..."
Sie schrak zusammen.
„Oh nein, Tori!", schrie Königin Ai erschrocken, erhob sich aus ihrem Thron und ging nun auf den jungen Engel zu.

Dabei schliff ihr wunderschönes, mit Perlen besetztes, langes, weißes Kleid auf dem Boden. „Warte, ich werde dir helfen und deine Wunden heilen!" Nun legte sie ihre Hand auf seine Wunden und es erstrahlte ein helles, warmes Licht. Nach einigen Sekunden nahm sie ihre Hand wieder vom Körper des Jungen und es waren keine Wunden mehr zu sehen. Sie bemerkte jedoch nicht, dass sich jemand näherte.
„Sagtest du eben ein Dämon wäre in unserem Reich vorgedrungen?", fragte sie sehr erstaunt.
„Ja, er hat schon unser halbes Reich zerstört und ist auf der Suche nach ihnen. Er nennt sich selber Kage! Er sucht nach dem Soulstone, um das Volk der Dämonen wiederzuerwecken." Erklärte der Bursche, dem es schon wieder viel besser ging, doch plötzlich durchbohrte ihn von hinten ein Schwert. Er sank zu Boden und sein Blut tränkte den Boden unter Ais nackten Füßen. Mit Tränen in den Augen trat Ai erschrocken zurück und fiel vor dem jungen Engel auf die Knie. Vor ihr stand also Kage, mit einem blutüberströmten, weißen Hemd und einer schwarzen Hose. An seinen Schuhen klebte das Blut der toten Engel.
„Wie konntest du nur? Er hatte dir doch gar nichts getan!", jammerte Ai. Vor Trauer stieg ihre Aura unbemerkt immer mehr an.
„Ihr verdammten Engel! Wegen euch bin ich in Einsamkeit und Kälte aufgewachsen, ihr habt mein Volk vernichtet und dafür wirst du jetzt genauso wie dein jämmerliches Volk sterben!", schrie Kage und zog zur gleichen Zeit sein Schwert. Ai sah noch mal zum Jungen, der von Kage

vor ihren Augen getötet wurde, und zog ebenfalls ihr Schwert.
„Da ich der letzte Engel bin und du meinen Geliebten auf dem Gewissen hast, werde ich mich dem Kampf stellen!"
Als Ai eine Träne übers Gesicht lief und auf ihr Schwert tropfte erstrahlte sie plötzlich in einem hellen Licht, ihre wunderschönen langen, braunen Haare wehten in einer aufkommenden Brise und wurden vom Licht umhüllt. Kage erstarrte, denn er spürte plötzlich das, was er so sehr verachtet, eine Aura voll mit Liebe und Trauer, Trauer um die gestorbenen Engel. Doch er machte sich auf alles gefasst, obwohl ihre Aura jetzt so stark war, dass Kage nichts mehr zum Lachen hatte. Als das Licht um Ai wieder verschwand stand vor Kage nicht mehr dieselbe Ai in ihrem langen Kleid und mit den nackten Füßen Nein, ihren Körper bedeckte plötzlich eine ganz andere Kleidung, die mehr für den Kampf geschneidert war, und sie trug auf einmal Stiefel. Um den Hals trug sie einen wunderschönen roten Stein, der im Licht funkelte. Aber auch das Schwert war ganz anders als vorher.
„Du bist es also doch! Dich muss ich also töten, um den Soulstone zu bekommen! Du bist die Königin!", schrie Kage erbittert. Sie fingen an zu kämpfen. Die Schwerter knallten gegeneinander und es entstanden sogar Funken. Der Kampf wurde immer härter. Sie hatten beide viele Schnittwunden. Kages Arm war mit Blut nur so überströmt, denn er hatte unzählige Schnittwunden, die schon von den Vorkämpfen stammten. Nun schenkten sie sich nichts, und einen Moment sah es so aus, als wenn Kage gewinnen würde, doch da durchbohrte ihn schon ein

Schwert und sein Blut mischte sich mit dem des jungen Engels auf dem Boden. „Neeeeeeein... bitte... hilf mir... ich werde mich auch ändern! Hust, hust Bitte hilf mir!" Ai überlegte kurz, doch dann wollte sie zum letzten Schlag ausholen.
„Du verdienst keine zweite Chance, du hast mein Volk getötet!" Während sie mit dem Schwert ausholte um Kage endgültig zu vernichten, zog er aus einer Scheide, die am Bein befestigt war, einen kleinen Dolch, der von einem Drachen umschlungen ist, und rammte ihn Ai in die Brust.
„Ich habe gehört, dass Engel sich selber nicht heilen können, hust, hust, also stirbst du jetzt mit mir! ... Vater, ich habe es geschafft, ich werde dich gleich mit dem Soulstone wiedererwecken! Alle Engel sind gleich tot!"
„Ich werde dir nie den Soulstone überlassen", schrie Ai mit letzter Kraft und brach zusammen. Sie nahm den roten Stein in die Hand und murmelte kurz etwas vor sich hin, sie bekam sehr schwer Luft, denn der Dolch traf einen ihrer Lungenflügel.
„Was machst du da? Hust, hust. Aber doch nicht etw..... Nein!" Plötzlich leuchtete der Soulstone so stark und voller Energie, dass gleich darauf Kage und Ai Tod umfielen. Denn bevor sie starben hatte sie ihnen jegliche Erinnerungen an die vergangene Zeit geraubt und ihre Seelen aus den Körpern auf den nächstgelegenen Planeten verbannt. Die Erde! ...

EINE LEKTION FÜRS LEBEN

KAPITEL 2

„Schon wieder wurde eine Mädchenleiche gefunden, der ein bedenklicher Anteil Blut fehlte. Die Polizei teilte uns mit, dass dieser Mord auch wieder auf das Konto des Serienmörders geht. Im Moment ist noch nicht klar, wer hinter diesen Morden stecken könnte...!"

„Katana, mach endlich den Fernseher aus und gehe zur Schule! Natsu wartet schon auf Dich!"

„Was, Natsu ist schon da, wieso hast du nicht eher was gesagt?" Katana lief schnell hoch auf sein Zimmer, um seine Schulsachen zu holen, dann stürzte er die Treppe wieder herunter und rannte zur Tür. Katana ist ein 17-jähriger Schüler und ein begeisterter Fußballspieler mit kurzen blonden Haaren und wunderschönen blauen Augen. Er ist groß, sportlich und wird von den meisten seiner Mitschülerinnen verehrt.

„Guten Morgen Katana.", begrüßte ihn ein wunderschönes Mädchen mit braunen Augen und langen braunen Haaren, die aus einer warmen Mütze hervor guckten, denn es war Winter und dazu noch ein sehr kalter mit viel Schnee.

„Guten Morgen Natsu!", strahlte Katana ihr entgegen. Natsu ist ebenfalls 17 Jahre alt. Sie ist nicht ganz so groß wie Katana, aber auch sehr sportlich. Die beiden waren schon seit ihrer Geburt befreundet und seitdem unzertrennlich. Na ja, natürlich gab es auch oft Streit, aber der war immer sehr schnell wieder vorbei. Seit ihrem 10. Lebensjahr ist Natsu eine Halbwaise, denn ihre Mutter starb bei einem tragischen Autounfall. Seitdem wuchs sie bei ihrer Großmutter auf, denn ihr Vater hat ihre Mutter vor ihrer Geburt verlassen. Doch seit dem Tod ihrer Großmutter ist sie auf sich allein gestellt und

lebt nun von dem Geld, was ihr ihre Großmutter vermacht hat. Katana ist ihr eine große Hilfe, denn er unterstützt sie wo er nur kann und baut ihr Selbstvertrauen immer wieder aufs Neue auf. Auf dem Weg zur Schule redeten sie immer über das Geschehen des gestrigen Tages oder zogen einfach nur über ihre Lehrer her.
„Weißt du schon, dass der Weihnachtsmarkt gestern schon geöffnet hat? Wollen wir da heute Nachmittag mal hingehen?", fragte Natsu neugierig, denn sie freute sich immer schon auf den Weihnachtsmarkt. Sie liebte den Geruch der gebrannten Mandeln und aß sie auch genauso gerne wie die süßen, roten Kandisäpfel.
„Na klar komme ich mit, aber nur wenn du auch mal mit mir im Riesenrad fährst!", bestand Katana, wobei er sich sein Lächeln verkneifen musste, denn er wusste ganz genau, dass Natsu ein wenig Höhenangst hat. Trotz der Fahrt mit dem Riesenrad stimmte Natsu zu und so verabredeten sich die beiden für den Nachmittag.
Mittlerweile waren die Beiden schon in der Schule angekommen und unterhielten sich noch ein wenig mit den Klassenkameraden.
„Schrecklich, hast du schon von diesem Mädchenmörder gehört? Er bringt immer Mädchen so in unserem Alter um! Da traut man sich doch gar nicht mehr allein vor die Haustür!, berichtete mit ängstlicher Stimme Natsus Sitznachbarin. Ihr Name ist Sakura, sie ist genauso groß wie Natsu, hat grüne Augen und orange kurze Haare, die mit einer Haarspange befestigt sind. Seit der fünften Klasse sind die beiden sehr gut befreundet.
„Wer dich wegfängt hat doch selber Schuld! Dein Ent-

führer flüchtet doch vor dir!", kam es aus einer hinteren Ecke im Klassenraum! Alle drehten sich um und da stand Gin, ein vorlauter Schlägertyp aus der gleichen Klasse. Er ist sehr groß, muskulös gebaut und sieht gut aus. Er hat lange rote Haare, die meistens von einer Mütze bedeckt sind sowie stechend grüne Augen und in seinem linken Ohr trägt er zwei Ohrringe.
Auf seinem linken Oberarm kann man ein schlangenartiges Tattoo finden.
Er hat in der Klasse keine Freunde, nur aus der Parallelklasse kennt er noch weitere Schlägertypen, die ihm aufs Wort gehorchen. Mit ihnen mischt er immer meist jüngere, aber auch neue Schüler auf, um ihnen das Taschengeld abzuknöpfen.
„Lass sie in Ruhe und kümmere dich um deine Angelegenheiten!", setzte sich Natsu für Sakura ein.
„Sieh mal einer an, die kleine Natsu macht ein auf Bodyguard! Oh, jetzt habe ich aber Angst!", sagte Gin mit einem fiesen Grinsen im Gesicht. Nun klingelte es und alle setzen sich. Dann kam auch schon die Lehrerin herein und der Unterricht begann.
Nun war auch schon fast die letzte Stunde vorbei: Sport!
Wie jedes mal wartete Natsu vor der Turnhalle auf Katana, um mit ihm gemeinsam nach Hause zu gehen.
„Ah, endlich begegnen wir uns mal alleine, dann können wir uns ja mal ungestört unterhalten!" Sagte laut und deutlich eine Stimme, die immer dichter kam. Es war Hato, einer von Gins fiesen Freunden. Dieses mal war er sogar alleine unterwegs.
„Was willst du denn hier? Lass mich in Ruhe!", sagte Nat-

su, die jetzt doch etwas Angst bekam.
„Ich werde dir jetzt eine Lektion erteilen, die du nie wieder vergisst!", drohte Hato, der jetzt genau vor ihr stand und sie mit einem kleinen Messer bedrohte.
„Ich war schon immer scharf auf dich, und jetzt sind wir beide mal ganz unter uns!" Nun ging Hato ein Stück weiter, er berührte mit seiner Hand Natsus Brust. Natsu schrie mit Tränen im Gesicht auf:
„Lass mich sofort los, fass mich nicht an, das wirst du sonst büßen!"
„Ha, ha was willst du denn schon ausrichten? Gib es zu, du willst es doch auch!"
„Natsu, entschuldige das ich so lange gebraucht habe, aber ich musste noch aufräumen! Natsu?" Nun kam Katana aus der Turnhalle.
„Neeeeein! Lass mich in ruhe! Hiiiiiilfe!" Katana blieb erschrocken stehen, denn so einen Schrei hatte er noch nie gehört. Nun lief er um die Ecke und sah, was Hato mit Natsu anstellte.
„Ah, da ist ja auch schon dein Freund! Na gefällt dir das, sieh genau her!", provozierte ihn Hato.
„Du Schwein, lass sie sofort los!", schrie Katana mit enormer Wut im Bauch.
„Ach was willst du denn schon machen? Du bist doch ein Schlappschwanz! Har, har!"
Nun stürmte Katana auf Hato zu und verpasste ihm seine Faust ins Gesicht, doch Hato blieb standhaft stehen.
„Ich sag es doch, ein Schlappschwanz! Und nun verzieh dich, sonst werde ich ungemütlich! Du siehst doch, dass ich zu tun habe!" Das machte Katana noch rasender. Nun

wurden seine Augen kalt, Eiskalt! Er ging auf Hato zu und schlug ihn so, dass Hato gleich mehrere Meter weiter flog. Nun war Natsu frei und lief gleich Schutz suchend hinter Katana. Hato erhob sich wieder vom Boden und war ganz überrascht.

„Glaubst du so was kannst du ungeschoren mit mir machen? Heimlich trainiert oder nicht, das zahle ich dir heim!" Wütend und mit einem blauen Auge ging Hato langsam auf Katana zu. Währenddessen kam Gin um die Ecke. Natsu entdeckte ihn und lief gleich auf ihn zu.

„Gin, pfeif Hato zurück, bevor er Katana noch was antut!", bat Natsu.

„Wieso sollte ich mich einmischen? Ist mir doch egal was Hato mit Katana macht!", sagte Gin gelassen und lehnte sich an die gefrorene Turnhallenmauer und beobachtete das Geschehen.

„Ich wusste ja, dass Hato auf dich steht, aber dass er so weit gehen würde...!", sagte Gin, ohne dabei auch nur eine Miene zu verziehen. Seine Blicke folgten Hato, der langsam auf Katana zuging. Hato stand direkt vor Katana und schlug ihm seine Faust so fest er konnte ins Gesicht. Nun dachte Hato, der Kampf wäre vorbei und er wäre der Sieger, doch da hatte er falsch gedacht, denn Katana bewegte sich bei diesem Schlag keinen Zentimeter. Jetzt stand sogar Hato die Angst ins Gesicht geschrieben. Ohne es überhaupt zu sehen hatte er auch schon Katanas Faust im Magen. Er ging einige Schritte rückwärts und sank dann zu Boden. Nun machte selbst Gin einen verblüfften Gesichtsausdruck, denn diese Wende des Kampfes hätte er nie vermutet.

„Du rührst Natsu nicht mehr an, hast du kapiert?", schrie Katana, lief erneut auf Hato zu und prügelte auf ihn ein.
„Katana hör auf! Ich glaube es reicht! Er hat seine Lektion gelernt!", schrie Natsu, die das ganze Geschehen nicht mehr mit ansehen konnte. Aber Katana reagierte nicht, er machte immer weiter, als wenn er Natsu nicht gehört hätte oder er auf einmal jemand anderes wäre. Nun lag Hato bewusstlos auf dem Boden und regte sich nicht mehr. Sein Blut, was aus seiner Nase lief, färbte den weißen Schnee rot. Da griff Natsu ein und stellte sich zwischen Katana und den auf dem Boden liegenden Hato. Katanas Augen waren voller Wut und Hass, so was hatte Natsu noch nie gesehen.
„Hör doch endlich auf!", sagte Natsu mit leiser, trauriger Stimme, so was kannte sie von Katana gar nicht. Eigentlich hasste er Prügeleien. Plötzlich füllten Katanas Augen sich wieder mit Wärme und er wurde wieder ansprechbar, als wenn er durch Natsus liebevolle Stimme erwachen würde.
„Natsu, ist alles mit dir in Ordnung? Was ist mit Hato passiert?", fragte Katana erstaunt.
„Weißt du das nicht mehr? Das warst du Katana! Du hast mir eben richtig Angst gemacht. Es war so als wenn du nicht mehr du selbst warst! Versprech mir bitte, dass du so was nicht noch mal machst!", bat ihn Natsu, der die Tränen über die Wangen kullerten.
„Danke dass du mir geholfen hast, wer weiß, was Hato sonst mit mir gemacht hätte." Bedankte sich Natsu bei Katana.
„Ich weiß nur noch, dass er dich berührt hat und mich

das rasend gemacht hat. Und dass ich ihm eine verpasst habe, aber ihn das nicht sonderlich geschadet hat. Aber ich würde dir doch niemals was antun." schwor Katana Natsu und nahm sie in den Arm.
„Ich kann doch gar nichts dafür, Ich weiß auch nicht was da eben mit mir passiert ist!"
„Bravo, das hätte ich von dir nicht gedacht, dass du solche Kräfte besitzt!", applaudierte Gin, der klatschend auf Natsu und Katana zukam.
„Wenn du willst, kannst du gerne meiner Gruppe beitreten, du wärst ein guter Ersatz für Hato!", sagte Gin auf eine belustigte Art und Weise. Nun hockte er sich neben den auf dem Boden liegenden Hato und schaute ihn sich genauer an.
„Ich denke, dass er seine Lektion gelernt hat und Natsu nicht mehr belästigen wird, dafür werde ich schon sorgen! Aber dass er dich in Ruhe lässt, dafür kann ich nicht garantieren.....", sagte Gin mit einem fetten Grinsen im Gesicht und erhob sich.
„....Ich denke es wäre besser für euch, wenn ihr jetzt gehen würdet!", meinte er mit ernsthafter Stimme, wandte den Beiden den Rücken zu und verschwand selber. Katana nahm Natsu und verschwand auch so schnell wie möglich. Hato, der gleich nach dem Verschwinden der Anderen die Augen öffnete, hatte das ganze Gespräch mitbekommen.
„Gin, das wirst du mir büßen!", sagte er mit zorniger Stimme und erhob sich kauernd aus dem kalten Schnee.

AUF DEM WEIHNACHTSMARKT

KAPITEL 3

"Oh mein Gott, guck dir mal dein Auge an. Das ist ja ganz dick und blau. Da hat Hato aber kräftig zu gehauen! Ich werde es dir erst einmal kühlen." Natsu hob mit ihrer Hand ein bisschen Schnee auf, formte es zu einer Kugel und drückte es auf Katanas blaues Auge.
„Ohhh, das tut gut!", bedankte sich Katana.
„Und was ist, hast du noch Lust auf den Weihnachtsmarkt zu gehen?", fragte Katana Natsu.
„Aber klar doch, den Weihnachtsmarkt habe ich mir noch nie entgehen lassen.", freute sich Natsu und vergaß schnell die Prügelei, in der es ja eigentlich um sie ging. Nun machten sie sich auf den Weg zum Weihnachtsmarkt.
„Hey Natsu! Katana! Wartet auf uns!", tönte es aus der Ferne. Natsu und Katana drehten sich um, um zu sehen wer sie da gerufen hatte. Es waren Sakura und ihr Freund Aki, die mit schnellen Schritten durch den Schnee angelaufen kamen. Aki ist ein Jahr älter als Katana und gut mit ihm befreundet. Er hat kurze, blaue Haare, blaue Augen und trägt meistens sportliche Kleidung. Aki ist Fußballkapitän der Mannschaft seiner Schule, in der auch Katana mitspielt. Nicht nur Fußball ist sein Hobby, er sammelt und liest auch mit Begeisterung Mangas* und sieht sich allzu gerne Animes** an.
Er und Sakura sind schon zwei Jahre zusammen.
„Natsu, danke noch mal, dass du dich heute für mich eingesetzt hast.

* japanische Comics, die man von hinten nach vorne liest
**die dazugehörigen Trickserien

„Ich kann diesen Gin einfach nicht leiden!" bedankte sich Sakura bei Natsu.
„Wäre ich dabei gewesen hätte ich ihn eine aufs Maul gehauen." drohte Aki, der eine Klasse höher ist als die anderen Drei.
„Gin ist eigentlich gar nicht so schlimm wie er immer tut, es scheint mir, als wenn er nach Achtung sucht!", meinte Natsu, die immer versucht das Beste in einem Menschen zu sehen.
„Kann sein, trotzdem ist er ziemlich komisch mit seiner Truppe drauf!" Sagte Sakura, die sich leicht von Natsus Meinung anstecken ließ.
„Na wenigstens hat einer aus dieser fiesen Gang etwas gelernt!" Sagte Katana sehr überzeugend.
„Wieso? Und warum hast du ein blaues Auge? Ach, ich glaube ich kann es mir schon denken", sagte Aki mit einem etwas erfreuten Gesicht. Katana wollte gerade anfangen, ihm von der Prügelei zu erzählen, als ihn Natsu unterbrach.
„Na kommt! Von so etwas lassen wir uns doch nicht unsere schöne Laune verderben!", meinte sie und zog Katana weiter.
„Genau! Auf zum Weihnachtsmarkt!" Schloss sich Sakura Natsu an und zog Aki ebenfalls hinter sich her. Von da an dauerte es nicht mehr lange bis sie endlich auf dem Weihnachtsmarkt ankamen. Sie konnten schon von weitem das große Riesenrad sehen.
„Guckt euch mal das schöne Riesenrad an, von da aus haben wir bestimmt eine tolle Aussicht!", sagte Sakura, die vom Riesenrad fasziniert ist.

„Na los, dann fahren wir als erstes mit dem Riesenrad.", schlug Katana vor. Natsu schaute kurz ängstlich zu ihm rüber.
„Es wird schon nichts passieren, vertraue mir.", beruhigte Katana Natsu. Mit diesen Worten gingen sie zu dem Riesenrad und kauften sich die Fahrkarten.
„Oh, es sind nur Zweier-Wagons!", stellte Sakura fest. Gerade als Katana Natsu fragen wollte, kam ihm Sakura voraus:
„... Natsu fährst du mit mir?", fragte Sakura Natsu. Natsu überlegte kurz, aber dann willigte sie ein.
Und so fuhren die Jungen und die Mädchen jeweils in anderen Wagons.
„Natsu schau mal, von hier aus kann man sogar unsere Schule und den Tokiotower sehen!", staunte Sakura und zog Natsu zu sich heran, um ihr die schöne Aussicht zu zeigen. Dabei fing der Wagon ein wenig an zu wackeln.
„Aah, bitte hör auf, zu wackeln! Ich kann nicht runter gucken und die Aussicht genießen, sonst wird mir schlecht! Ich habe Höhenangst!", erklärte Natsu Sakura, die gleich mit dem Wackeln aufhörte.
„Seit wann hast du diese Krankheit schon?", fragte Sakura neugierig.
„Seit ich klein bin und denken kann. Ich weiß auch nicht so genau wo diese Krankheit her kommt. Ich weiß nur, wenn ich eine bestimmte Höhe übersteige wird mir schlecht, schwindelig und ich kriege sogar Angstzustände." Während die Mädchen sich unterhielten, berichtete Katana Aki doch von der Schlägerei mit Hato.
„Und er lag wirklich bewusstlos auf dem Boden? Mann,

wie hast du denn das geschafft?", fragte Aki erstaunt.
„Das weiß ich auch nicht so genau, denn an dem Hauptteil des Kampfes kann ich mich gar nicht mehr erinnern. Ich konnte dir nur das erzählen was Natsu mir erzählt hat.", erzählte Katana.
„Na ja, nach dem, was du mir erzählt hast, hast du ja vielleicht eine gespaltene Persönlichkeit! Und dein zweites Ich ist anscheinend Son-Goku oder Superman! Hi, hi! Oh, Moment mal, mit wem rede ich jetzt gerade eigentlich? Mit Katana oder Superman? Hi, hi!", scherzte Aki und steckte mit seinem Lachen sogar Katana an. Nun hielt auch das Riesenrad an und sie konnten aussteigen. Wieder am Boden angekommen ging es auch gleich weiter in viele andere Karusselle. Sie amüsierten sich noch viele Stunden lang, bis sie letztendlich alle Karusselle ausprobiert hatten.
„Leute, wie wär's mit einem Schluck Sake* zum Auftauen?", fragte Aki mit einer frierenden Stimme.
Da alle schon halb erfroren waren stimmten sie natürlich zu. Nun gingen alle vier zu einem Getränkestand und holten sich Trinkbecher voll mit Sake. Die warmen Becher dampften sogar, weil es so kalt war, und wärmten die kalten Hände.
„Ohh, das tut gut, jetzt wird mir richtig warm ums Herz!", sagte Katana, dessen warmer Atem sich schnell wieder in der Luft abkühlte.

---

*jap. Nationalgetränk aus mit Hefe vergorenem Reis, wird gewärmt getrunken (Alkoholgehalt 12-14 %)

„Mmh, riecht mal! Das muss Zuckerwatte sein! Kommt, wir holen uns welche!", schlug Katana vor, dem der Duft der Zuckerwatte schon in der Nase hängen blieb.
Gerade als alle losgehen wollten, um sich was Süßes zu holen, hörte Natsu leise Hilferufe, die aus der Richtung des Greifautomaten kamen.
„Habt ihr das gehört?" Fragte Natsu die anderen.
„Was sollen wir gehört haben?", fragten alle drei gleichzeitig.
„Na da hat doch eben jemand um Hilfe gerufen. Von dort drüben kam es.", berichtete Natsu und zeigte mit dem Finger auf den Greifautomaten. Nun gingen alle gleichzeitig auf den Automaten zu.
„Hilfe! Warum hilft mir denn niemand?", tönte es dieses mal aus der Plüschtiermenge.
„Da! Habt ihr es gehört?" Natsu stand jetzt genau vor dem Greifarm.
„Nein, wir hören nichts. Vielleicht bildest du dir das Ganze ja nur ein?" Um Natsu davon zu überzeugen, dass sie sich irrt, gingen alle hinter den Greifautomaten, um nachsehen, ob dort wirklich keiner Hilfe braucht.
„Hey du da, hilf mir hier endlich raus und glotz nicht so doof!", rief ein kleiner Plüschhase. Vor Schreck blieb Natsu starr stehen.
„Wa.. wa.. was, du lebst ja und kannst reden!", stotterte Natsu, die immer noch starr dastand.
„Na klar kann ich reden, wieso auch nicht, und nun hole mich hier raus!", befahl der Hase Natsu.
„Natsu! Hinter dem Greifautomaten ist wirklich niemand, du musst dich geirrt haben!", sagte Katana, der Natsu

verwundert anstarrte.
„Natsu? Ist alles OK?", fragte Katana besorgt. Nun kamen auch Sakura und Aki dazu.
„D.. D.. Der Hase dort hat mit mir gesprochen, e.. e.. er sagte, ich soll ihn dort rausholen!", stotterte Natsu, um Katana zu zeigen, wer eigentlich um Hilfe gerufen hat. Katana, Sakura und Aki guckten sich verwirrt an.
„Natsu, ich glaube der Sake ist dir nicht gut bekommen, komm wir gehen nach Hause!", stellte Katana fest. Er konnte immer noch nicht glauben was Natsu sagte.
„Was sagst du da mir geht es einwandfrei!", sagte Natsu, die davon überzeugt war was sie sah und hörte. ‹Kann vielleicht nur ich den Hasen hören und die Anderen nicht? Um das rauszufinden muss ich ihm helfen und ihn rausholen›, dachte Natsu und steckte nun eine Münze in den Greifautomaten, um den Hasen herauszuholen, doch sie schaffte es nicht und versuchte es immer wieder aufs Neue.
„Was machst du da?", fragte Katana erstaunt.
„Siehst du doch, ich versuche den Hasen rauszuholen. Hilf mir lieber!", bestand Natsu, der er auch gleich zu Hilfe kam.
„Und du willst wirklich diesen hässlichen Hasen und nicht was anderes?", fragte Katana und steckte erneut eine Münze rein.
„Hässlich, wer ist hier hässlich du Lausebengel!", beschwerte sich der Hase, der im selben Moment vom Greifarm gefasst wurde. Natsu guckte nach den Worten des Hasen gleich zu Katana, doch er reagierte nicht. ‹Der Hase hat Katana beschimpft, aber er hat es nicht gehört.

Sakura und Aki anscheinend auch nicht, denn sie stehen immer noch ruhig da. Was ist hier eigentlich los? Und was ist der Hase?>, fragte sich Natsu im Stillen, aber sie wollte nichts sagen, denn die anderen hielten sie sowieso schon für verrückt.

„So hier hast du deinen Hasen!", sagte Katana stolz, dem es endlich gelang den Hasen herauszuholen.

„Wurde auch endlich mal Zeit!", beschwerte sich der Hase immer noch. Natsu bedankte sich und schenkte den Worten des Hasen keine Beachtung. Nun gingen sie endlich zu dem Stand, wo es Zuckerwatte gab. Sakura, Katana und Aki kauften sich Zuckerwatte. Natsu wollte gebrannte Mandeln, die es dort aber nicht gab.

„Ich gehe schnell zu dem Stand dort drüben und hole mir gebrannte Mandeln! Bin gleich wieder da.", sagte Natsu, die währenddessen auf einen Stand ganz in der Nähe zeigte. Nun ging sie los um sich ihre geliebten gebrannten Mandeln zu holen. <So, jetzt bin ich weit genug entfernt. Jetzt stelle ich den Hasen zur Rede!>

„Wer oder was bist du? Und warum kann nur ich dich hören?", fragte Natsu mit unfreundlicher Stimme den Hasen.

„Ich bin ein Rautendelein* und heiße Ninki. Warum gerade du mich hören kannst weiß ich auch nicht", berichtete das kleine Häschen.

*Elfisches Wesen

„Was du bist, ein Rautendelein? Oh Gott, wie kommst du denn hierher?", fragte Natsu, die noch von der ersten Antwort erstaunt ist.
„Ich bin hier um jemanden zu suchen und zu beschützen!", berichtete Ninki. Nun ist Natsu vor dem Stand angekommen und konnte Ninki nicht mehr weiter befragen. Sie kaufte sich eine Tüte gebrannte Mandeln und lief schnell zu den Anderen. Fast angekommen krachte sie plötzlich mit jemanden zusammen. Natsu fiel auf dem Boden und ließ den Hasen und die Mandeln in den Schnee fallen.
„Oh, Entschuldigung! Ich habe nicht aufgepasst. Tut mir leid!", entschuldigte sich Natsu und sah hoch. Plötzlich wurde sie leicht rot, denn vor ihr stand ein sehr hübscher Junge mit kurzen schwarzen Haaren und braunen Augen. Er war so ungefähr 17 Jahre, sehr gut gebaut und streckte ihr die Hand aus, um ihr hoch zu helfen.
„Oh, bezaubernd. So einen schönen Zusammenkrach hatte ich ja noch nie. Hast du dir auch nichts getan?", fragte er Natsu mit freundlicher Stimme und half ihr hoch.
„Nein, danke. Ich bin OK!", sagte Natsu, die durch das Kompliment noch röter wurde.
„Hey, mir wird langsam kalt hier unten!", beschwerte sich Ninki. Natsu und der Junge schauten gleichzeitig zu Ninki. <Er kann ihn hören, aber warum? Wer ist das?>, fragte sich Natsu, doch ehe sie nach den Namen fragen konnte kamen auch schon Katana und die anderen angelaufen, die das Geschehen beobachteten.
„Natsu, ist alles OK? Komm wir gehen jetzt lieber nach Hause!" Sagte Katana, der Ninki und die Mandeln aufhob und Natsu mit sich zog. Natsu drehte sich noch einmal um

und der Junge winkte ihr sogar noch hinterher.
„Ich glaube das war heute alles zu viel für dich, du bist ganz rot und heiß.", stellte Sakura fest und die drei begleiteten Natsu nach Hause.

ZWEI NEUE MITSCHÜLER

KAPITEL 4

„Gute Nacht Natsu, ich hoffe dir gehts morgen wieder besser!"
Mit diesen Worten verabschiedete sich Katana von Natsu und ging nach Hause. Natsu ging müde auf ihr Zimmer, und anstatt sich bei Ninki zu beschweren freute sie sich doch insgeheim über ihren kleinen neuen Freund. Endlich war sie nicht mehr ganz so allein in dem großen alten Haus ihrer Großmutter. Natürlich weckte Ninki ihre Neugierde und deswegen stellte sie ihm noch einige Fragen.
„Ninki, du sagtest, dass du jemanden suchst, wen denn überhaupt? Kenne ich sie?", fragte Natsu neugierig.
„Ich suche Ai! Vielleicht hast du ja schon von ihr gehört, sie ist die Königin der Engel! Vor hunderten von Jahren hat sie in einem sagenumwobenen Kampf gegen einen Dämon gekämpft. Sie waren beide gleich stark! Obwohl Kage ihr ebenfalls tödliche Wunden zuführte, tat er ihr leid und sie verschonte sein Leben, indem sie seine Seele für viele Jahrhunderte ohne Erinnerung wegschickte und auf der Erde landen ließ. Doch es lief schief, denn nicht nur Kages Seele verschwand, sondern auch Ais Seele. Und nun weiß keiner wann sie jemals auf der Erde landen werden und in wessen Körper die Reinkarnation* erwacht.
Klar ist nur, wenn Kage erwacht und seine Erinnerungen zurück erhält, dass eure Welt in großer Gefahr schwebt. Deswegen muss ich Ai finden, damit sie den Kampf von damals beendet. Und Kage stirbt.", berichtete Ninki, dem die Sache ziemlich ernst war.

*Wiederverkörperung der Seele nach dem Tode

„Ähm, Ai? Ich glaube von der habe ich schon mal etwas im Geschichtsunterricht gehört. Ich werde natürlich alles versuchen, um dir zu helfen und diese Ai zu finden.", versprach Natsu und redete noch die ganze Nacht mit Ninki über den Kampf von Ai und Kage, bis sie morgens um vier Uhr todmüde einschlief. Lange konnte sie aber nicht schlafen, denn drei Stunden später klingelte schon ihr Wecker, der sie für die Schule weckte. Immer noch erschöpft und todmüde quälte sie sich aus dem Bett und ging erst einmal duschen, um wenigstens ein wenig wach zu werden. Als sie fertig war und endlich klar gucken konnte sah sie auf einem kleinen Kissen Ninki schlafen, und erst dort merkte sie, dass das alles kein Traum war, sondern Wirklichkeit.

„Rrrrrrr!", klingelte es zum Unterrichtsbeginn und die Lehrerin Frau Yama trat herein.

„Guten Morgen! Bevor wir heute mit dem Unterricht beginnen, will ich euch eure zwei neuen Mitschüler vorstellen." Nun öffnete die Lehrerin die Klassenraumtür und bat die zwei neuen Mitschüler herein. Eine deutliche Unruhe machte sich im Klassenraum bemerkbar.

„Was, zwei neue Mitschüler? Wusstest du davon?", fragte Sakura Natsu.

„Nein! Bin gespannt wer sie sind und wo sie herkommen!", berichtete Natsu und drehte sich wieder nach vorne um, da sie die Mädchen hinter sich schwärmen und tuscheln gehört hat.

Plötzlich erschrak sie, denn vor der Klasse stand der Junge, mit dem sie gestern auf dem Weihnachtsmarkt zusammengekracht war. Neben ihm stand ein Mädchen

das kleiner war als Natsu. Sie hatte blonde Haare und braune Augen.
Als der Junge Natsu erblickte lächelte er sie an. Natsu wurde leicht rot und drehte sich schnell wieder zu Sakura um.
„Ist das nicht der Junge mit dem du gestern auf dem Weihnachtsmarkt zusammengekracht bist?", fragte Sakura Natsu neugierig.
„Ja, das ist er!", antwortete Natsu.
„Darf ich mal um Ruhe bitten? Das sind Neko Bara und Akarui Atama.", stellte die Lehrerin die zwei neuen Schüler vor.
„Setzt euch bitte hier vorne hin, da ist noch was für euch frei!", wies die Lehrerin Akarui und Neko ein und deutete mit dem Finger auf die Bank neben der von Natsu und Sakura. Akarui drehte sich noch einmal kurz zu Natsu um und beobachtete sie eine kurze Zeit. Katana bemerkte das und eine deutliche Eifersucht machte sich in seinem Gesicht bemerkbar. Doch plötzlich klopfte es an der Tür und Hato und Gin kamen herein. Ein lautes Stöhnen ging durch die Reihen, denn es war eher selten, dass Hato ein blaues Auge besaß, da er immer eine Schlägerei gewann. Da sie sowieso immer zu spät kamen fragte die Lehrerin schon gar nicht mehr nach den Gründen. Als Gin auf seinen Platz ging bemerkte er Neko und starrte sie kurze Zeit an, ging dann aber weiter. Hato blickte Katana mit stechenden Blicken an. Die Lehrerin fuhr wie gewöhnlich mit ihrem Unterricht fort.
Da Natsu während des Lesens im Geschichtsunterricht eingeschlafen war, musste sie nach dem Unterricht den

gesamten Stoff der verschlafenen Stunde in der Schulbibliothek nachholen. Da Katana noch Fußballtraining hatte musste sie den Stoff ganz alleine nacharbeiten. Nun war sie ganz alleine in der riesigen Bibliothek und suchte im Regal nach dem passenden Buch.
„Mmh, mal sehen... Aale, Bewohner des Meeres... Abendstern... Abkürzungen... ah, Absolutismus in Frankreich, da haben wir es ja auch schon."
Nun setzte sie sich und las sich einige Abschnitte durch und vervollständigte den Zettel, den sie nach dem Unterricht von der Lehrerin bekommen hatte. Nach fast einer Stunde hatte sie mühevoll alle Fragen beantwortet und stellte mit letzter Kraft das Buch wieder ins Regal zurück. Dabei fiel ihr Blick auf ein sehr altes Buch mit der Aufschrift: „Kampf zwischen Himmel und Hölle". Sie nahm dieses Buch aus dem Regal, setzte sich wieder hin und blätterte ein wenig darin herum.
„Der Legendäre Soulstone!", las sie vor. „Hatte mir Ninki nicht irgendetwas über einem Soulstone erzählt?" Diese Überschrift machte sie noch neugieriger. Auch wenn sie keine Lust mehr auf irgendetwas hatte, das interessierte sie schon. Nun fing sie leise an zu lesen.
„Einst kämpften die Geschöpfe der Hölle gegen die Geschöpfe des Himmels wegen eines Steins, den sogenannten Soulstone. Dieser Stein verleiht seinem Besitzer große Macht. Nur wer diese Macht kontrollieren kann wird der Herrscher des Universums.
Dieser Stein wurde einst der Königin der Engel, Ai, anvertraut, da sie eine große Macht umgab, die Macht der Liebe. Vor der endgültigen Vernichtung beider Völker

wandte Ai den Soulstone an und schickte beide Seelen, die des Dämonen Kages und ihre, auf eine weite Reise zur Erde. Wenn diese Seelen die Erde erreichen, wird die Geschichte sich wiederholen und ein Kampf zwischen Gut und Böse aufs Neue entfachen. Nur die geheimnisvollen Zwei Leibwächter können sich dem Kampf mit Hilfe ihrer himmlischen Königin entgegenstellen, aber nicht siegen. Zum Sieg müssen sie ihre Kraft mit der des Mächtigeren vereinen!"
Richtig fasziniert von dem Buch bemerkte sie gar nicht, das sie nicht mehr alleine war.
„Du interessierst dich für Sagen und Legenden?", fragte jemand hinter ihr. Natsu zuckte erschrocken zusammen und drehte sich schnell um, um zu sehen wer sie da so erschreckt hatte. Es war Neko, ihre neue Mitschülerin.
„Oh, hallo, ich wusste nicht, dass hier noch jemand ist. Aber was machst du denn hier?", fragte Natsu, die das Buch zuschlug und ins Regal zurückstellte.
„Ich habe noch schnell etwas nachgeschlagen und gehe jetzt nach Hause.", erklärte Neko.
„Ich kann dich ja noch ein kleines Stückchen begleiten. Ach so, bevor ich es vergesse, ich bin Natsu!", stellte sie sich vor.
„Angenehm, ich bin Neko!". Nun verließen Natsu und Neko die Schulbibliothek und gingen noch ein kleines Stückchen gemeinsam nach Hause, bis sich ihre Wege trennten. Während Natsu zuhause ankam und von Ninki zur Rede gestellt wurde, hatte Neko noch einen langen Weg vor sich, denn sie hatte den Bus verpasst. Als sie eine kleinere Straße entlang ging, stand nicht weit von ihr entfernt

eine Gruppe Jungen aus ihrer Parallelklasse, die sehr gut mit Gin befreundet sind.
„Ey, ist das nicht da drüben die neue Tussi aus der Parallelklasse?", fragte einer der Jungen den Anderen, wobei er auf Neko zeigte.
„Ja klar, die Olle geht doch bei euch in die Klasse. Ob Gin ihr schon gezeigt hat wo es hier bei uns lang geht?"
„Glaube ich nicht, sonst würde sie hier nicht so fröhlich herum laufen. Kommt, dann nehmen wir sie uns vor! Ich brauche mal wieder ein bisschen Geld für eine neue CD!", sagte Hato, der sich nach Gin als Anführer der Gruppe hielt. Nun gingen die Jungen lachend auf die andere Straßenseite und versperrten Neko den Weg.
„Hier ist Schluss, wenn du weiter willst musst du Zollgebühren bezahlen, 6000 Yen*! Wenn du das Geld nicht hast, kannst du auch anders bezahlen, Süße!", drohte Hato, der Neko an den Handgelenken packte und gegen die Mauer schubste.
„Was wollt ihr von mir, ich habe euch doch gar nichts getan!", schrie Neko, die jetzt vor Wut versuchte sich zu wehren. Sie versuchte die Jungen zu treten und zu schlagen, aber sie waren stärker.
„Nehm es nicht persönlich, das machen wir mit allen Neulingen hier, schließlich müssen wir euch zeigen wer hier der Boss ist. Außerdem müssen wir auch irgend wovon leben! Hahaha!"
Schließlich schaffte sie es, eine Hand zu befreien, zu einer Faust zu ballen und sie Hato auf Auge zu schlagen.

*ca.50€

Dieser Schlag war zwar nicht kräftig genug, hinterließ aber einen roten Abdruck.
„Was, du kleine Schlampe wagst es?", schrie Hato und wollte gerade mit seiner Faust ausholen, als ihn jemand festhielt. Er drehte sich sofort um, um zu sehen wer ihn daran hinderte.
„Gin!", schrien alle Jungen gleichzeitig.
„Na, wer ist denn hier der Boss?", fragte Gin die Jungen, die von seinem Auftauchen überrascht waren.
„N .. Na du, wer sonst!", sagten alle bis auf Hato gleichzeitig.
„Was Hato, ich habe dich nicht verstanden, du hast so leise gesprochen!", sagte Gin, der die selbe Antwort noch einmal von Hato hören wollte.
„Du bist hier der Boss, Gin!", sagte der Junge mit leiser Stimme.
„Dann lass sie sofort los, oder willst du noch ein blaues Auge haben?", sagte Gin mit wütender Stimme. Hato wagte es nicht zu widersprechen und ließ Neko sofort los.
„Hau ab!" Sagte Gin zu Neko, die sich bedankte und schnell durch den Schnee davon lief.
„Was soll das, wieso lässt du sie entwischen?", fragten Gins Freunde, die Neko nur noch beim Weglaufen zuschauen konnten.
„Ich bestimme hier, wer was abdrücken muss oder nicht. Also macht nicht noch einmal einen Alleingang!", drohte Gin, der sich dann schweigend abwandte um wegzugehen.
„Hey Leute, Ich glaube unser Big Boss will uns verarschen, erst lässt er einen bei einer Schlägerei im Stich, dann lässt er uns nicht mal diese Puppe abzocken! Was ist

los, bist du in dieses Miststück etwa verknallt?", schrie Hato, der sich gegen Gin wandte und versuchte, den Rest der Gruppe für sich zu gewinnen. Gin blieb wütend stehen und drehte sich um. So etwas hatte er nicht erwartet. In seinem Gesicht war der blanke Zorn zu sehen. Dieses Gesicht kannte nicht einmal Hato, denn es verschlug ihm die Sprache.
Gin ging in zügigen Schritten auf Hato zu und verpasste ihm eine, sodass Gins Faustabdruck den von Neko weitreichend überdeckte. Hato fiel zu Boden und landete im nassen Schnee. Jetzt hatte Hato zwei blaue Augen. Die anderen beiden Jungen liefen sofort zu ihm.
„Ach ihr beiden Versager stellt euch auch gegen mich? Na dann viel Spaß mit diesem Dreckskerl!", sagte Gin mit ernster Mine und ging. Hato war zwar angeschlagen, aber innerlich glücklich, endlich konnte er Gins Rolle in der Gruppe übernehmen, endlich war er der Anführer, der alles bestimmen konnte, endlich hatte er die Macht!

DIE MUTPROBE 1

KAPITEL 5

„Guten Morgen Natsu! Hast du heute wenigstens ausgeschlafen?", fragte Katana Natsu, die ihm gerade die Haustür öffnete.
„Guten Morgen Katana! Ja, ich bin gestern Abend schon früh ins Bett gegangen!", antwortete Natsu, die gerade die Tür hinter sich zuzog, um mit Katana zur Schule aufzubrechen.
„Und freust du dich schon auf unsere jährliche Mutprobe?", fragte Katana neugierig.
„Bin gespannt wo es dieses Mal stattfindet!", fragte Katana gespannt.
„Ich bin froh wenn das Ganze vorbei ist und unsere Ferien endlich anfangen!", erzählte Natsu, der die jährlichen Mutproben nicht viel Spaß brachten.

„Rrrrrrrr!", klingelte es zum Unterricht.
„Guten Morgen, setzt euch! Bevor wir mit dem Unterricht beginnen, will ich noch etwas zu unserer jährlichen Mutprobe sagen. Für die Neuen unter uns: Die jährliche Mutprobe findet immer vor den Weihnachtsferien an einem dunklen und gruseligen Ort statt. Dieses mal findet sie auf dem Friedhof statt. Unsere Klasse und die Parallelklassen werden in Zweiergruppen aufgeteilt und durch den Friedhof geschickt, wer umkehrt oder aufgibt hat verloren und bekommt einen Berg Hausaufgaben über die Ferien auf, diejenigen die durchhalten und ans Ziel kommen haben die Ferien über nichts zu tun. Wir treffen uns Morgenabend um 22 Uhr vor dem Friedhof. Ach ja, dieses Mal werden die Gruppen durch Losziehungen bestimmt!", berichtete die Lehrerin der Klasse und holte aus ihrer

Tasche eine Hand voll mit Losen hervor und schmiss sie in eine Schale. Eine gewisse Unruhe ging durch die Klasse, denn sonst konnten die Schüler ihre Partner selbst wählen. „Kommt jetzt bitte alle einzeln nach vorne und zieht eine Nummer. Diejenigen, die dieselbe Nummer ziehen sind zusammen im selben Team!" Nun gingen alle Schüler nach vorne und zogen ein Los. Jeder las seine Nummer laut vor, so dass die einzelnen Zusammenstellungen der Teams an die Tafel geschrieben werden konnten. Am Ende entstanden dann folgende Teams: Katana & Aki, Neko & Gin, Sakura & Kikyo, Natsu & Akarui...
„Oh man, da habe ich aber noch einmal Glück gehabt. Aber bei dir würde ich das nicht sagen. Ich habe mich mal über diesen Akarui informiert, das soll der totale Machotyp sein, der jedes weibliche Objekt anbaggert. Das scheint auch immer zu klappen, denn die Mädchen verlieben sich alle in ihn.", informierte Sakura Natsu, die auch gleich zu ihrem neuen Partner schaute.
„Ach, der interessiert mich nicht. Ich werde mich bestimmt nicht in so einen Macho verlieben.", sagte Natsu zuversichtlich.

Am nächsten Abend holten Katana, Aki und Sakura Natsu von zu Hause ab.
„Natsu, nimmst du mich mit?" Fragte Ninki Natsu ganz freundlich.
„Kommt gar nicht in Frage, wenn dich Akarui hören kann, möchte ich nicht aufs Spiel setzen, dass noch andere auf dich aufmerksam werden.", sagte Natsu mit entschlosse-

ner Stimme.

„Bitteeeee!", flehte Ninki, dessen Augen nun vor Mitleid funkelten.

„Na gut, sei aber leise!" Nun steckte sie Ninki in eine kleine Umhängetasche und ging herunter zur Tür, wo auch schon die Anderen auf sie warteten. Nun gingen sie gemeinsam zu dem vereinbarten Treffpunkt, dem Friedhof!

„Guten Abend, sind wir jetzt alle vollzählig?", fragte die Lehrerin die Schüler und fing leise an die Menge zu zählen.

„Gut, dann geht jetzt bitte alle zu euren Partnern!", forderte die Lehrerin die Schüler auf.

„Der Friedhof ist sehr groß, sodass man für einen Durchgang fast eine Stunde braucht.", erklärte die Lehrerin nochmals.

„Bis nachher, und wenn der Typ dir zu nahe kommt schreist du, dann komme ich sofort zu dir...!", sagte Katana zu Natsu, der sich wieder einmal Sorgen machte.

„Ok, aber ich glaube, dass es nicht so weit kommen wird!", sagte Natsu zuversichtlich und verabschiedete sich von ihm. Nun ging Natsu zu Akarui.

„Hallo!" Begrüßte sie ihn.

"Hallo meine Schöne!", begrüßte er sie mit einem Lächeln auf den Lippen. Doch bevor sie kontern konnte schrie die Lehrerin schon:

„Paar fünf, Akarui und Natsu. Los!" Nun gingen sie einen schmalen Weg zwischen vielen Gräbern entlang. Es war sehr dunkel, doch der Friedhof, der von Schnee bedeckten Bäumen eingeschlossen war, wurde vom hellen Vollmond beleuchtet, der ab und zu zwischen den Wolken auftauchte. Der Schnee fing an zu tauen, denn es wurde

langsam Frühling. Die geschmolzenen Wassertropfen funkelten im Mondlicht wie ein Meer besetzt aus Perlen. Der Wind glitt durch die dünnen Zweige, sodass ein unheimliches Geräusch entstand. Jetzt waren sie schon eine ganze Weile unterwegs und kamen an einer kleinen Kapelle vorbei, wo Natsu ein seltsames Geräusch hörte.
„Uhhhhh!", kam es immer wieder.
„Hörst du das?", sagte Natsu leise und blieb stehen.
„Ach komm, das war doch nur der Wind!", beruhigte Akarui sie und ging langsam zu Natsu zurück. Nun ertönte das Geräusch wieder und dieses Mal hörte Akarui es auch.
„Uhhhhh!"
„Ja, jetzt habe ich es auch gehört. Komm wir gehen mal gucken wo es herkommt.", sagte Akarui, der Natsu mit sich ziehen wollte, aber sie blieb stehen.
„Du zitterst ja!", stellte Akarui fest, als er ihre Hand nahm. Sie blickten sich kurz an, dann umarmte er Natsu von hinten.
„Was machst du da? Lass mich sofort los, du Perversling!", schrie Natsu, die anfing sich zu befreien.
„Ich wärme dich, du frierst doch!", sagte er und schloss sie nun ganz fest in seine Arme.
„Du siehst aus wie jemand, den ich mal geliebt habe.", flüsterte Akarui Natsu leise ins Ohr. Von dort an hörte sie auf sich zu wehren und drehte sich zu Akarui um. Sie blickten sich gegenseitig in die Augen. Jetzt drückte er Natsu ganz dicht zu sich heran. Ihr Zittern legte sich, denn seine Wärme ging nun auf Natsu über. In diesem Augenblick schien der Wald von der Stille überwältigt worden zu sein. Es wehte kein Wind, es war totenstill.

Doch diese Stille hielt nicht lange an, denn Natsu sah jemanden vor der Kapelle stehen und schrie.
„D... Da... st... steht jemand!", sprach sie mit zitternder Stimme. Akarui drehte sich sofort um und sah auch jemanden vor der Kapelle stehen.
„Aus dieser Richtung kamen auch die seltsamen Geräusche her! Aber was sucht jemand nachts auf einem Friedhof?", fragte Akarui, dem die Sache ziemlich seltsam vorkam. Jetzt befreite sich Natsu auch aus Akaruis Armen.
„Hier, zieh das über, damit du dich nicht erkältest.", sagte Akarui, der Natsu seine Jacke gab. Nun zog er sie hinter sich her um zu dieser mysteriösen Person zu gehen.
„Wo willst du hin?", fragte sie Akarui, der jedoch nicht antwortete. Beide kamen nun immer näher auf die Person zu, die immer noch starr am selben Fleck stand. Als sie vor der Person standen fiel allen beiden ein Stein vom Herzen.
„Das ist eine Puppe mit einem Kassettenrecorder von Frau Yama aufgestellt.", sagte Akarui, der sowieso etwas an der Sache gezweifelt hatte.
In der Zwischenzeit wurden schon Katana und Aki losgeschickt.
„Und wie findest du unsere neuen Mitschüler? Wäre Neko nicht was für dich?", fragte Aki Katana.
„Neko scheint ganz nett zu seinen, aber diesen Akarui kann ich irgendwie nicht leiden. Das ist doch ein Playboy. Ich habe gesehen, wie er Natsu angesehen hat und ich kann nur für ihn hoffen, dass er sie in Ruhe lässt!!" Sagte Katana, der schon beim Gedanken an Akarui seine Fäuste ballte.

„Du liebst sie, nicht wahr?", fragte Aki.
„Merkt man das so sehr? Am liebsten würde ich es ihr sagen, aber was ist, wenn sie dann nichts mehr mit mir zu tun haben will? Jedes mal wenn ich sie sehe will ich sie am liebsten umarmen und nie wieder loslassen, ich will sie berühren, an ihrem Haar riechen und sie richtig küssen und nicht nur freundschaftlich auf die Wange.", erzählte Katana, der Natsu über alles liebt.
„Ja, das merkt man! Jedes mal wenn wir alleine sind erzählst du nur von ihr und wie du sie ansiehst ..." Plötzlich drehte Aki sich um, da er Schritte hinter sich hörte.
„Was ist, wieso bleibst du stehen?, fragte Katana.
„Ich habe Schritte gehört!", sagte er mit leiser Stimme.

Nun versteckten sich die beiden hinter einem Baum, um zu sehen, wer da kommt. Es waren Neko und Gin, die sehr schnell gingen und so Katana und Aki schon fast eingeholt hatten.
„Danke noch mal, dass du mich letztens vor den Anderen beschützt hast.", bedankte sich Neko bei Gin.
„Ich habe dir nur geholfen, weil ich kein Bock auf neuen Stress mit den Lehrern habe, und aus keinem anderen Grund!", sagte er mit wütender Stimme zu Neko.
„Trotzdem Danke!", sagte sie mit freundlicher Stimme.
Das wunderte Gin, denn er hatte gedacht, dass sie ihn jetzt wie die Anderen hassen würde, aber es freute ihn auch, dass es nicht so war. Kurze Zeit später sprangen Aki und Katana hinter dem Baum hervor, um Neko und Gin zu erschrecken.
„Buhhhhh!" Neko zuckte schreckhaft zusammen und

klammerte sich gleich schützend an Gins Arm. Gin, der selber deutlich zusammen zuckte, konnte diesen Spaß überhaupt nicht ab.

„Was soll der Scheiß?" Schrie Gin, der seinen Arm gleich wieder losriss und leicht rot wurde.

„Kannst du keinen Spaß ab?", fragte Katana scherzhaft.

„Ich zeige dir gleich, was mir Spaß macht!", sagte Gin, der nun auf Katana zuging um ihn zu schubsen. Neko und Aki blieben erschrocken stehen.

DIE MUTPROBE 2

KAPITEL 6

„Frierst du noch?", fragte Akarui Natsu besorgt.
„Nein, jetzt friere ich nicht mehr! Danke für die Jacke!", bedankte sich Natsu bei Akarui. ‹Er scheint nur vor anderen so machomäßig zu tun, in Wirklichkeit ist er gar nicht so›, dachte Natsu, die nun Sakuras Worte endlich niederlegen konnte. Vor den Beiden löste sich nun endlich der Wolkenhaufen auf, sodass der Mond voller Pracht anfing zu leuchten. Plötzlich blieben beide erschrocken stehen, denn vor ihnen tauchte auf einmal eine Person auf. Sie konnten nur die Umrisse erkennen, da der Mond sie blendete. Sie sahen, dass die Person immer dichter kam, und konnten langsam einige Einzelheiten erkennen. Es war ein Mann, er trug eine Art Rüstung mit einem langen Umhang. Auf seinem Rücken trug er eine Scheide, die ein langes Schwert verhüllte.
„Von euch kommt also die schwache Aura mit Liebe gefüllt.", sprach der seltsame Mann.
„Wer sind sie und was wollen sie von uns?", fragte Akarui den Mann und stellte sich schützend vor Natsu.
„Harhar! Wie unhöflich von mir! Ich bin Kaminari, ein Gesandter des Teufels und ich werde euch jetzt töten! Harhar!", sagte der Mann sehr überzeugend mit einem fiesen Grinsen im Gesicht. Doch plötzlich fing Akarui an zu lachen.
„Haha, dieses mal fallen wir nicht mehr darauf herein. Sie wurden doch bestimmt von Frau Yama arrangiert um uns Angst zu machen, das hat aber nicht geklappt.", sagte Akarui, der die ganze Sache für einen Scherz hielt.
Doch lange konnte er nicht mehr lachen, denn der Mann sah sehr ernst aus und kam immer dichter. Nun stand er

vor den beiden und wollte nach seinem Schwert greifen, was Akarui mit einem Tritt gegen sein Kinn verhinderte, der aber nicht viel bewirkte. Doch dann zog Kaminari sein Schwert aus der Scheide und holte aus.
„Lauf Natsu, schnell!", schrie Akarui, der nun den Ernst der Lage erkannte. Doch Natsu wollte Akarui nicht im Stich lassen und blieb stehen. Da Akarui merkte, dass sie nicht weg lief, setze er zu einem neuen Tritt an. Er drehte sich und trat gegen das Schienbein, so dass sich Kaminari krümmte, dann schlug er mit dem Ellenbogen auf sein Kreuz und Kaminari lag auf dem Boden. Akarui und Natsu zögerten nicht lange und liefen so schnell sie konnten weg.
„Es scheint mir als wenn der Irre es ernst meint!" Schrie Natsu, die mit Akarui um ihr Leben lief. Sie liefen so schnell sie konnten, das schien aber nicht zu reichen, denn plötzlich tauchte Kaminari vor ihnen auf.
„Wo wollt ihr denn hin, ihr könnt eurem Schicksal nicht entkommen.", sagte Kaminari, der erneut mit seinem Schwert nach Natsu ausholte.
„Aaaaaah!", schrie Natsu mit voller Kraft, aber hilflos. Doch in letzter Minute wurde Natsu von Akarui aus der Schussrichtung gestoßen, sodass er selber leicht verletzt wurde.
„Und das kriegst du jetzt dafür, dass du uns erschreckt hast!, rief Gin, der mit seiner Faust ausholte und sie Katana in den Magen rammte.
„Hört doch auf!", riefen Aki und Neko gleichzeitig. Doch Katana und Gin schlugen sich immer weiter. Gerade als Katana mit seiner Faust ausholen wollte, hörten sie Schreie

ganz aus der Nähe.

„Aaaaaah!", ertönte es.

„Oh nein, Natsu!", schrie Katana, der im Schnee lag und Gin von sich herunter schubste, welcher gerade die Oberhand gewann und auf Katana saß. Er rannte in die Richtung, von der die Schreie kamen. Hinter ihm kamen auch schon die anderen drei hinterher gerannt.

Natsu und Akarui hatten keine Chance mehr weg zu laufen, denn Kaminari war immer schneller als sie.

„Ich weiß zwar nicht wer du bist und warum du deine Kraft unterdrückst, aber ich bin nicht hinter dir her sondern hinter ihr! Und jetzt geh mir aus dem Weg", schrie Kaminari zu Akarui, der sich schützend vor Natsu gestellt hat.

„Was meint er damit?", fragte Natsu, die Kaminaris Worte nicht verstand.

„Unwichtig, das tut jetzt nichts zu Sache!", sagte Akarui, der ein Geheimnis verbirgt.

„Unwichtig? Na dann sterbt!", schrie Kaminari und holte zum Schlag aus, doch Akarui stand immer noch standhaft vor ihr und schützte sie. So zog das Schwert einen langen Riss in seine Bauchdecke und er fiel durch die Wucht des Schwertes in Natsus Arme nach hinten.

„Neiiin ... Akaruiii! Wieso hast du das für mich gemacht?", schrie Natsu nun voller Wut und Trauer. Kaminari blieb erschrocken und starr stehen und schaute Natsu verwundert an.

„Diese himmlische Aura auf einmal, sie steigt immer weiter an! Du bist es also Ai, hast dich feige in diesem niederen Körper verkrochen! Habe ich dich endlich ge-

funden!", schrie er. Nun trafen auch Katana, Gin, Aki und Neko ein.
„Was ist hier los?", schrie Katana, der Kaminari gerade erblickte. Die Vier liefen auf Natsu zu und sahen langsam was dort vor sich ging. Akarui lag immer noch schützend vor Natsu, drohte aber zu verbluten.
„Bring dich in Sicherheit, schnell!", bat Akarui Natsu kraftlos. Nun stieß Kaminari Akarui von Natsu herunter um zum entscheidenden Schlag anzusetzen. Doch da kam Ninki aus Natsus Tasche heraus. Kaminari wich gleich ein Stück zurück. Ninki wusste gar nicht wie ihm geschah, bis er Kaminari entdeckte.
„Dann kam die himmlische Aura also von dir und nicht von dem Mädchen!", schrie Kaminari, der nun zum entscheidenden Schlag ausholte. Ninki schrie einige Worte, danach umhüllte Natsu, Akarui und Ninki ein helles Licht. Kaminaris Schwert prallte gegen Ninkis aufgebautes Energieschutzschild. Dieser Aufprall verursachte eine so große Druckwelle, dass sogar die anderen Vier zurückgeschleudert wurden. Sie flogen ein ganzes Stück zurück und prallten hart auf den Boden auf.
„Was war das?", schrie Gin, der alles mit ansah.
„Natsu!", schrie Katana, der sich vom Sturz schnell erholt hatte und zu Natsu lief. Die andern folgten ihm.
„Denkt nicht, dass ihr gewonnen habt, ich komme wieder, und dann werde ich euch alle töten!", schrie Kaminari mit voller Wut und Hass erfüllter Stimme und verschwand im Nichts.
„Er ist weg!", sagte Ninki zu Natsu, die aber nicht mehr auf seine Worte reagierte. Sie hockte starr vor Akaruis

bewegungslosen Körper, der blutend am Boden lag.
„E..e..er ist tot!" Tränen kullerten über ihre Wangen. Mit der Annahme, dass Akarui tot sei und sie Schuld daran hatte, verfiel sie in eine Art Schockzustand. Ninki sah was geschehen war und reagierte schnell. Nun flog er in höchster Eile zu Akarui und ließ ein helles Licht erstrahlen, dass er auf seinen Riss legte. Nun erstrahlte Akaruis ganzer Körper in einem hellen Licht.

Nach wenigen Sekunden war die lange Öffnung verschwunden. Nur noch der blutübertränkte Pullover und die Spuren im weißen Schnee erinnerten an den Kampf mit den blutigen Folgen.
„Ach das Plüschtier vom Weihnachtsmarkt! Also bist du doch nicht einer von den Bösen! Zum Glück habe ich mich geirrt. Dann bist du wohl auch auf der Suche nach den geheimnisvollen Zwei, oder nicht?", fragte Akarui, dem es jetzt nach Ninkis Heilung viel besser ging.
„Woher weißt du von den geheimnisvollen Zwei?", fragte Ninki, der von Akaruis Worten erstaunt war, doch der legte nur seinen Zeigefinger auf seine Lippen und zeigte auf die Anderen. Ninki verstand und stellte vorerst keine Fragen mehr in Anwesenheit der Anderen. Akarui zog mit großer Eile seinen Pullover aus und schmiss ihn weg, sodass die Anderen nicht die Spuren des Kampfes sehen konnten.
„Natsu, Natsu, was ist passiert?", schrie Katana besorgt, der Natsu gleich in seine Arme schloss. Aber Natsu antwortete nicht.
„Natsu was ist, hat er dir was angetan?", fragte Katana

erneut. Doch Natsu antwortete wieder nicht. Sie realisierte für einen Moment gar nichts mehr, denn sie stand immer noch unter Schock.

„Natsu, ist alles in Ordnung?", fragte Akarui, der Natsu angrinste. Natsu sah ihn mit leeren Blicken an, doch dann füllten sich ihre Blicke wieder mit Leben.

„Du lebst!", schrie Natsu und warf sich ihm um den Hals. „Wieso hast du das für mich gemacht... du wärst fast... nein, du warst eben so gut wie Tod!", sagte sie leise und umarmte ihn immer stärker.

„Ich sagte doch, dass du aussiehst wie jemand, den ich früher mal geliebt habe. Ach ja, Ninki, er hat mich geheilt ... es ist glaube ich besser, wenn die Anderen nur die halbe Wahrheit erfahren, sie würden es eh nicht verstehen!", sagte er. Natsu stimmte zu. Während der Umarmung fielen seine Blicke auf Katana, in dem sich Freude und Trauer gleichzeitig widerspiegelten. Akarui las aus Katanas Gesicht, dass ihm diese Umarmung nicht besonders passte und reagierte.

„Kommt, wir müssen los. Frau Yama wartet bestimmt schon!", sagte Akarui und ließ Natsu los, die ihm schnell seine Jacke wiedergab. Nun machten sie sich alle sechs auf den Weg zum Friedhofsausgang. Unterwegs erklärten Natsu und Akarui den Anderen das Geschehen, die das nicht geglaubt hätten, wenn sie es nicht selber gesehen hätten. Natürlich erzählten sie wie vereinbart nur die halbe Wahrheit und ließen Ninki und Akaruis ernsthafte Verletzung wegfallen. Letztendlich kamen sie am Ausgang des Friedhofes an, wo auch schon die anderen Schüler warteten.

„Ihr seht ja so blass aus, waren meine kleinen Gruseleinlagen doch zu übertrieben?", fragte die Lehrerin die Sechs, die als letztes ankamen. Als diese dann vom Ganzen berichteten traf sofort am Ort des Geschehens die Polizei ein. Diese fertigte durch Natsus und Akaruis Aussagen eine Täterbeschreibung an und vernahm Katana, Aki, Neko und Gin als Zeugen. Die Polizei teilte ihnen mit, dass die Täterbeschreibung auf die des Mädchenmörders aus den Nachrichten passt. Natürlich waren auch viele Kamerateams mit Reportern am Ort des Geschehens, berichteten vom Tathergang und warnten ganz Tokio vor dem Mädchenmörder.

LEIBWÄCHTER TORI

KAPITEL 7

Endlich fingen für Alle die Ferien an, auch wenn es ein gruseliger Start war. Nun gingen die sechs Freunde mit Gin gemeinsam nach Hause. Natsu, die immer noch nicht glauben konnte, dass der Mädchenmörder es gerade auf sie abgesehen hatte, war froh, dass sie nun nicht alleine war, denn sie hatte ja ihre ganzen Freunde, die sich nun um sie kümmerten. Insbesondere Katana, der ihr immer zur Seite stand. Aber dieses Mal war nicht er ihr Retter in der Not sondern der neue Mitschüler Akarui, den irgendein Geheimnis umschloss.
Da Neko einen anderen Weg als die Anderen gehen musste und somit allein unterwegs war, entschied sich Gin Neko nach Hause zu begleiten. Natürlich schlug er unter dem Vorwand zu einem Kumpel zu gehen den selben Weg ein wie sie. Die Anderen staunten nicht schlecht, sagten aber nichts dazu. Nach einer Weile verabschiedeten sich auch Sakura und Aki von der Gruppe. So gingen sie dann nur noch zu dritt weiter.
„Danke für das, was du heute für Natsu getan hast, ich glaube, ich habe dich falsch eingeschätzt. Das hätte nicht jeder gemacht.", bedankte sich Katana bei Akarui für seine Hilfe.
„Keine Ursache. Mir ist ja nichts passiert.", sagte Akarui, der immer noch den Schnitt des Schwertes spürte. Natürlich hatte Katana seine Wunde nicht bemerkt, da er auf dem Friedhof nur auf Natsu fixiert war. Also gingen sie so nebeneinander her und keiner wusste das Geheimnis des Anderen.
Nun waren sie auch schon vor Akaruis Haus.
„So, dann verabschiede ich mich jetzt wohl auch erst

einmal. War ein spannender Abend! ...", sagte Akarui mit einem Grinsen auf dem Gesicht.

„...Ich hoffe, dass wir uns mal alle in den Ferien sehen!", schlug Akarui vor.

„Auf jedem Fall... Gute Nacht!", sagte Katana, der nun mit Natsu weiter ging. Akarui ging ins Haus und machte sich erst einmal etwas zu Essen.

„Bist du gar nicht bei Natsu?", sagte Akarui auf einmal, obwohl niemand außer ihm im Haus war.

„Woher wusstest du, dass ich hier bin?", kam es auf einmal aus einer kleinen Keksschachtel. Es war Ninki, der Akarui beobachtet hat.

„Ich habe deine Aura gespürt. Was willst du denn?", fragte er ihn.

„Du hast von den geheimnisvollen Zwei gesprochen. Woher weißt du davon? Und was hast du damit zu tun?", wollte Ninki wissen. Akarui stand auf, ging ein paar Schritte und setzte sich dann wieder mit einem ernsteren Gesichtsausdruck.

„Alles fing damals im Kinderheim an, dort hänselten und verspotteten mich alle. Doch dann hatte ich so einen seltsamen Traum, der mich jede Nacht verfolgte. Ich träumte von einem Kampf, den es gar nicht geben konnte. Es bekämpften sich Engel und Dämonen. Ich verstand nicht, warum ich diesen Traum immer und immer wieder träumte, bis ich mich im Traum selber wiederfand. Dort nannten sie mich Tori und ich war der Leibwächter und der Liebhaber der Königin, die Natsu sehr ähnlich sieht. Ich war mit der Königin sehr glücklich und konnte sie vor jedem beschützen, weil ich besondere Kräfte hatte.

Als ich den Anderen im Kinderheim davon erzählte lachten sie mich noch mehr aus und die Direktorin schickte mich sogar zu einem Psychologen..." Er macht eine kurze Sprechpause, doch dann fährt er fort. „... Doch dann sagte die Königin zu ihrem Geliebten in meinem Traum etwas, was selbst mein Leben verändern sollte. Sie sprach nicht Tori an, sondern mich. Sie sagte: „Benutze deine Kraft Akarui!". Und seit diesem Tag waren die Träume verschwunden. Ich wusste mit diesen Worten erst nichts anzufangen, doch dann, als mich ein paar Jungen verprügeln wollten, wusste ich, wie ich diese Worte zu definieren hatte. Ich hatte eine Kraft, die Andere nicht hatten, deswegen wollten sie mich in ein anderes Kinderheim weit weg verlegen lassen. Doch bevor dies geschah riss ich aus und lebte mein eigenes Leben, allein." Erzählte Akarui mit traurigem Gesichtsausdruck.

„Dann bist du also Tori, einer der zwei Leibwächter der Königin.", stellte Ninki mit Entsetzen fest.

„Ja, aber in der Sage stand, dass nur zwei Leibwächter mit der Hilfe der Königin und einer weiteren Macht dass Böse vernichten können. Das fand ich mit Hilfe von Büchern heraus. Und ich erfuhr, das Kage und meine Geliebte bald hier erscheinen würde. Wenn mir dieser Dämon namens Kage nochmals begegnen sollte, dann werde ich mich rächen. Rächen für das Ende meines früheren Lebens, rächen für die versäumte Zeit mit meiner Geliebten und für den Tod meines Volkes!", schrie er jetzt mit boshafter Stimme.

„Vielleicht haben Ai und Kage keine Erinnerungen mehr an ihr früheres Leben. Vielleicht weiß Ai nicht einmal

mehr, dass es dich, ihren Geliebten, gibt. Du solltest dich jedenfalls nicht zu früh freuen." Sagte Ninki mit einer etwas bedrückten Stimme.
„Wenn es so sein sollte, habe ich einen Grund mehr mich zu rächen...", sagte Akarui mit geballter Faust.
„... aber das heute auf dem Friedhof kann niemals Kage gewesen sein, denn dafür war er zu schwach. Ich frage mich wer das gewesen sein könnte."
„Das auf dem Friedhof war wahrhaftig nicht Kage, aber es war auch ein Dämon, denn er sucht nach Ai. Und durch das Blut der Menschen wird er immer stärker.", sagte Ninki.
„Was, noch ein Dämon?", schreckte Akarui zusammen, denn er konnte nicht verstehen, wie es noch weitere Dämonen außer Kage geben konnte.
„In der Sage heißt es, das Ai nur ihre und die Seele von Kage verbannt hat, aber wie kommt meine Seele mit all den Erinnerungen hierher?" Fragte Akarui Ninki, der einen nachdenklichen Gesichtsausdruck machte.
„Das ist ganz einfach. Es war Gott. Er wusste, dass die Erde und Ai eure Kräfte noch brauchen werden. Und wie Gott eure Seelen mit verbannte, wurden wahrscheinlich auch dämonische Seelen vom Teufel persönlich verbannt." Erklärte Ninki Akarui, der nun die ganze Sache verstand.
Also beschlossen sie den Kampf gegen die Dämonen und die Suche nach Ai und den zwei weiteren Kämpfern gemeinsam fortzusetzen.

ICH LIEBE DICH!

KAPITEL 8

Da Natsu abends nicht alleine sein wollte, bat sie Katana bei sich zu übernachten. Sie ahnte schon, dass der Angreifer vom Friedhof kein normaler Mensch war, sondern vielleicht jemand aus Ninkis Geschichten. Sie wusste auch, dass er vielleicht noch einmal versuchen würde, sie zu töten. Beim nächsten Mal nahm sie sich aber vor nicht so feige zu sein, sondern sich wie Akarui zur Wehr zu setzen.
So lange wie Natsu und Katana schon befreundet waren, haben sie schon oft bei dem jeweils Anderen geschlafen. Deswegen schlief Natsu auch tief und fest, da sie sich mit Katana in der Nähe sicher fühlte. Katana hingegen kriegte kein Auge zu, denn er empfand keine Freundschaft mehr für Natsu, nein, er empfand noch viel mehr für sie, nämlich Liebe. Und das schon seit über einem Jahr, seitdem sie ihren ersten Freund hatte, denn erst dort merkte er, dass es keine Freundschaft mehr war, sondern Liebe. Denn erst wenn man etwas verliert, merkt man wie viel es einem bedeutet. Natsu schlief in ihrem großen, weichen Bett, Katana hingegen hatte schon seinen eigenen Schlafsack bei Natsu, den er sich immer auf dem Boden zurechtlegte. Egal, wie er es versuchte, er konnte ja doch nicht einschlafen. Natsu ging ihm einfach nicht aus dem Kopf. <Ich muss es ihr einfach sagen, sonst quäle ich mich nur selber...> In Gedanken und im Herzen kämpfte Katana immer wieder gegen sich selber. Einerseits wollte er es ihr sagen, aber auf der anderen Seite auch nicht, um ihre Freundschaft nicht zu gefährden.
„Nein ... nicht ... ich habe dir doch gar nichts getan!", schrie Natsu plötzlich auf. Katana drehte sich sofort

zu ihr herum, aber es war keiner im Zimmer zu sehen. Er schaute sich nochmals um und stand leise auf. Als er dichter zu ihr ans Bett herankam, sah er, dass ihre Augen noch geschlossen waren. ‹Sie träumt! Zum Glück, ich habe schon einen Schreck bekommen›. Natsus Gesicht war ganz nass vom Angstschweiß. Die Schweißperlen liefen an ihren Augen vorbei und mischten sich mit ihren Tränen. ‹Sie weint, was träumt sie nur?›
„Ich werde dich jetzt töten, denn...", schrie Kaminari in Natsus Traum. Wie auf dem Friedhof holte er jetzt wieder mit seinem Schwert nach ihr aus. „...denn du bist die himmlische Königin, du Natsu! Du Natsu..."
„Natsu! Natsu ... wach auf, es ist alles in Ordnung, du bist hier in Sicherheit!", schrie Katana, der nun auf Natsus Bettrand saß und versuchte, sie wach zu rütteln.
„Natsu wach auf!"
‹Kaminari flüchtet wieder, aber was macht Katana hier?›, dachte Natsu, denn Kaminaris Bild fing langsam an, vor ihren Augen zu verschwimmen und sich mit Katanas Bild zu vermischen. Doch Katanas Bild wurde deutlicher. ‹Endlich, sie öffnet die Augen›
Endlich war sie wach, denn nun war nur noch Katanas Bild in ihren Augen zu sehen.
„Weißt du eigentlich, was du mir für einen Schreck eingejagt hast?", sagte er mit leiser, zitternder Stimme und schloss sie nun ganz fest in seine Arme. Sie war froh, in seinen starken Armen zu liegen, in Sicherheit zu sein. Doch dann bemerkte sie Tropfen, die auf ihren Kopf herab fielen und an ihrem Haar entlang kullerten. Sie sah in seine roten, feuchten Augen und wusste, das er jetzt sei-

ne ganzen Ängste zeigte. Die Ängste, die er nie wirklich raus ließ, die Ängste, Natsu zu verlieren, die er erst jetzt verstand. Es waren die Ängste, die er auf dem Friedhof nicht verarbeiten konnte, die ihm erst jetzt richtig klar wurden.
„Du musst wissen, Ich... ich...!" Nun merkte Katana erst, wie schwer es ist, drei einfache Worte auszusprechen, doch er überwand seinen inneren Feind und schaffte es.
„Ich... ich... liebe Dich!"
‹Nun ist es endlich raus›. Doch er hätte es gar nicht aussprechen brauchen, denn Natsu konnte seine ganzen Gefühle auch so sehen und spüren. Nach diesen Worten herrschte für einen langen Moment eine Totenstille. Natsu spürte Katanas pochendes Herz an ihrer Brust. Sie wusste nicht, was sie sagen sollte, und löste sich aus der Umarmung. Beide guckten sich trotzdem immer noch innig in die Augen.
„Schließ deine Augen!", kam es leise über Natsus Lippen. Trotz seines lauten Herzklopfens verstand er ihre Worte laut und deutlich und schloss seine Augen. Einem Moment lang passierte gar nichts, doch dann bemerkte er immer deutlicher ihren Atem, der immer dichter kam. Er war so warm und angenehm und man konnte deutlich ein gewisses Zittern entnehmen. ‹Ob sie mich küssen will? Könnte dieser Moment nicht ewig dauern?› Sein Herz pochte nun noch doller als zuvor, als wenn es gleich aus seinem Leibe springen würde. Nun war ihr Atem ganz deutlich zu spüren, er fühlte jetzt sogar ihre weichen, zarten Lippen, die Seine sanft berührten. Er würde diesen Moment ganz bestimmt nie vergessen, denn das war es, was er sich

schon immer gewünscht hatte. Nun schmiegten sie sich ganz dicht zusammen, so dass er ihren Herzschlag auch deutlich spüren konnte. Ihre Herzen schlugen gleich, und das konnte ihnen kein Mensch mehr nehmen. Sie ließen endlich all ihre verborgenen Gefühle frei.

„Akarui, wach auf!", schrie Ninki zu Akarui, der gerade erst eingeschlafen war.
„Was ist denn, was willst du denn, du Nervensäge?", fragte Akarui, der endlich schlafen wollte.
„Da, spürst du sie auch, die Aura voll mit Liebe? Sie ist unheimlich stark, das kann kein Mensch sein. Das muss Ai sein! Sie scheint endlich angekommen zu sein!", sagte Ninki, der einen konzentrierten Eindruck machte. Akarui schreckte hoch, denn er spürte genau dasselbe wie Ninki, die starke Aura von Ai. Man konnte es ihm ansehen, wie glücklich er war. Endlich hatte das Warten ein Ende. Endlich konnte er seine Geliebte wieder in die Arme schließen und sich bei Kage rächen. Aber wird auch alles so sein, wie er es sich vorstellte?

FEUERWERK IN SAPPORO

KAPITEL 9

Nun sind schon seit dem Beginn der Ferien einige Wochen vergangen. Seit dem Ereignis auf dem Friedhof hat sich einiges geändert, denn der Mädchenmörder, dem Natsu und die Anderen begegnet sind, ist nicht mehr aufgetaucht. Außerdem verstehen sich jetzt alle besser mit Gin, der seine Schlägergruppe verlassen hat und nun nicht mehr ganz so gewalttätig ist. Weiterhin bemerkten Akarui und Ninki die Ankunft Ais auf der Erde, von der Ninki Natsu auch berichtete. Außerdem kennt Natsu Akaruis Vergangenheit und sucht jetzt entschlossener nach Ai. Aber das, was sich am meisten verändert hat, ist die Beziehung zwischen Katana und Natsu, deren Freundschaft sich in Liebe verwandelt hat. Nun, nachdem nichts mehr so scheint wie es vorher war, trafen sich alle wie vereinbart, um in den Ferien etwas Gemeinsames zu unternehmen. So fuhren sie über das Wochenende mit dem Zug nach Sapporo*. Dort findet immer in der ersten Februarwoche im Odori-Park das berühmte Schneefestival statt.

„Wow, schaut mal wie das alles funkelt und leuchtet!", staunte Natsu, die völlig beeindruckt war. Ihr gefielen die im Dunkeln angeleuchteten, riesigen Eisskulpturen, die nur im Scheinwerferlicht so prachtvoll aussahen. Aber nicht nur Natsu war erstaunt, alle sahen sich mit großen Augen um und fanden es wunderschön. Am schönsten fanden sie jedoch eine Engelsstatue.

Es war ein weiblicher Engel mit wunderschönen langen

*Hauptstadt von Hokkaido mit ca. 1-3 Mio. Einwohner

Haaren und großen, ausgebreiteten Flügeln. Sie sah so realistisch und lebendig aus, als wenn sie jeden Moment in den Himmel zurück fliegen würde. Akarui war so vertieft und erstaunt von der Schönheit der Statue, das sie ihn in alte Erinnerungen schwelgen ließ.
„Akarui, kommst du? Wir wollen uns die anderen Statuen auch noch ansehen!", forderte ihn Aki zum kommen auf.
Nun schauten sie sich noch all die anderen Statuen an und beschlossen, sich danach für das abendliche Feuerwerk umzuziehen.

„Oh nein, wo ist er nur?", schrie Sakura, die in ihren ausgekippten Sachen verzweifelt etwas suchte.
„Suchst du den hier? Er hing auf dem Wäscheständer, auf den du ihn gestern gehängt hattest!", sagte Natsu, die mit einem grünen Obi* in der Hand aus dem Bad kam.
„Danke Natsu. Ich freue mich schon so auf das Feuerwerk, dass ich alles andere vergesse!", bedankte sich die etwas zerstreute Sakura.
In diesem Moment kam Neko aus dem Schlafzimmer, um sich in ihrem Kimono zu präsentieren. Sie trug einen rosa farbigen Kimono, der mit roten Herzchen versehen war, dazu trug sie ihren roten Obi.
„Wow, du siehst gut aus, da wird sich Gin aber freuen.", sagte Natsu zu Neko, die daraufhin rot wie eine Tomate anlief. Nun zogen sich auch Sakura und Natsu ihre Kimonos an und gingen nach unten in die Hotellobby.

*Gürtel des Kimonos

„Oh Mann, wie lange brauchen die denn?", meckerte Gin, der mit den anderen Jungen in der Hotellobby stand. Sie waren schon lange fertig mit dem Umziehen und warteten nur noch gespannt auf die Mädchen. Katana trug einen dunkelblauen Kimono mit grünem Muster und mit einem grünen Obi. Aki hingegen trug einen dunkelbraunen Kimono mit hellbraunen Muster und Obi. Einen schwarzen Kimono mit gelben aufgehenden Monden versehen und verbunden mit einem gelben Obi trug Akarui, dazu hatte er einen kleinen Rucksack bei sich.

Ganz anders als vorher sah jedoch Gin aus, denn er trug einen dunkelgrünen Kimono mit orangenen Ahornblättern darauf abgebildet und mit einem orangenen Obi verbunden. Das war aber nicht das erstaunlichste, denn er trug zum ersten Mal in der Öffentlichkeit keine Mütze. So konnte man heute Abend seinen ganzen Rotschopf sehen. Doch für einen kurzen Moment passte sich die Farbe seines Gesichts dem der Haare an.
„Wieso wirst du so rot, ist dir heiß?", fragte ihn Katana, dem die Gesichtsfarbe zuerst auffiel, doch Gin antwortete nicht sondern zeigte nur mit dem Finger in die Richtung der Fahrstühle. Die Jungen drehten sich um und sahen das, worauf sie schon so lange warteten... die Mädchen. Sie vergaßen die lange Wartezeit, denn das war es ja wert. Nun änderte sich auch die Gesichtsfarbe der anderen Jungen, denn Sakura trug einen mit grünen Schmetterlingen verzierten dunkelroten Kimono und den grünen Obi, den sie so lange gesucht hatte. Natsu hingegen hatte ihre langen, braunen Haare hoch gesteckt

und mit einer Blume verziert. Dazu trug sie einen mit lila Blumen verzierten dunkelrosanen Kimono mit einem lila Obi. Alle drei waren bezaubernd geschminkt und sahen in ihren Kimonos wunderschön aus.
Aber auch die Mädchen staunten nicht schlecht über die Jungen, aber ganz besonders über Gin.
„Ihr seht echt toll aus!", sagte Akarui. Katana und Aki stimmten ihn gleich zu.
„Ja stimmt, ihr seht echt toll aus!"
„Ihr seht wirklich toll aus, können wir jetzt gehen?", murmelte Gin, der mal wieder aus der Reihe tanzen musste. Dann machten sie sich auch schon auf den Weg, um nichts zu verpassen.
Da das Feuerwerk etwas später anfing gingen sie sich noch die einzelnen Stände anschauen, bei denen man etwas gewinnen oder einfach nur kaufen konnte. Doch dann war es endlich so weit, die Durchsage erklang.
„Meine Damen und Heeren, unsere Lieben Gäste. Mit dem heutigen Tag ist leider auch das diesjährige Schneefestival am Ende angelangt. Ich hoffe, es hat ihnen gefallen und sie kommen auch im nächsten Jahr wieder, wenn es heißt aus Eis und Schnee die schönsten Figuren zu fertigen. Damit verabschiede ich mich vorerst und wünsche ihnen noch einen schönen Abend!"
Die letzten Worte des Sprechers waren das Ende des Schneefestivals und die Eröffnung eines wunderschönen Feuerwerkes, welches in den schönsten, verschiedensten Formen und Farben am Himmel erstrahlte. Es war ein so unglaublicher Anblick von Farbspielen, das kein Künstler hätte besser malen können. Die Farben der unterge-

henden Sonne machten das Panorama perfekt, denn die Sonne schien in atemberaubenden Rosa-Rottönen und färbten die einzelnen Schäfchenwolken in bezaubernden Farben. Alle Liebenden lagen sich in den Armen und sogar Neko schnappte sich Gins Hand. Der ließ sich jedoch nichts anmerken und schaute mit leicht roten Wangen weiter dem Feuerwerk zu. Alle waren froh und glücklich, außer Akarui, der alleine war. Dieser Anblick machte ihn nur noch trauriger und zugleich auch stärker, stärker die Hoffnung nach Ai nicht aufzugeben. Dann kam das letzte Knallen und Leuchten, welches von einem lauten Jubeln und Klatschen der Zuschauer gefolgt wurde.
„War das nicht schön? Irgendwann wirst du es dir mit Ihr zusammen anschauen können!", sagte Natsu zu Akarui, die seine Trauer bemerkte.
„Ja, das werde ich, und ich werde alles dafür tun!...", sagte er mit rauer, fester Stimme und einem entschlossenem Gesicht.
„.... Danke!", bedankte er sich mit plötzlich weicher Stimme und lächelte sie an.
„War das nicht ein schönes Wochenende?", meinte Neko, die sowohl vom Feuerwerk als auch von Gin fasziniert war. Alle stimmten ihr zu und schwärmten von den Eisskulpturen oder vom Feuerwerk. Somit versprachen sich alle im nächsten Jahr wieder herzukommen.
„Los kommt, lasst uns gehen!" Da es schon spät war gingen sie auf Sakuras Rat hin auch schon los.

Auf dem Weg zurück ins Hotel mussten sie durch einen Park, in dem meistens immer die verliebten Pärchen sa-

ßen. Es war dunkel, denn der Mond verschwand andauernd hinter neu aufziehenden, dunklen Wolken. Es zog ein unvorstellbar kräftiges Gewitter auf, das es so noch nicht gab. Sie gingen durch einen dunklen Park, der ab und zu von Laternen erleuchtet wurde. Der Schnee auf dem Weg war schon fast getaut, neben ihm hörte man leise einen kleinen Bach plätschern.
„Mann, ist das hier gruselig, und das ist ein Park, in dem die Pärchen Zeit verbringen?", fragte Neko mit ängstlicher Stimme, doch Gin griff gleich nach ihrer Hand.
„Du brauchst keine Angst zu haben!" Neko war dadurch gleich viel erleichterter, obwohl Gin sich nichts anmerken ließ und stur geradeaus guckte.
„Schaut mal, liegt dort vorne nicht jemand?", fragte Natsu, die sicher war, dass dort jemand liegt.
„Ja, ich sehe auch jemanden... nein, das ist nicht nur einer, dort liegen gleich mehrere Personen!", stellte Katana mit Entsetzen fest. Alle liefen gleich mit schnellen Schritten zu den auf dem Boden liegenden Personen.
„Das sind alles Pärchen! Was ist mit ihnen passiert?", fragte Sakura, die es langsam mit der Angst bekam.
„Sie sind alle ohnmächtig! Schaut mal wie blass sie sind, ihnen scheint sehr viel Blut zu fehlen, und wenn sie nicht bald Hilfe bekommen, werden sie sterben!", sagte Aki, der etwas Ahnung davon hatte, denn sein Vater war Arzt.
„Oh mein Gott, ihnen fehlt Blut?", fragte Natsu, der die Sache ziemlich bekannt vorkam. Plötzlich fing es in Akaruis Rucksack an zu zappeln, Ninki kam heraus und machte ein nachdenkliches Gesicht.
„Was machst du hier?", fragte Natsu Ninki.

„Natsu, das ist jetzt egal! Akarui, das war Kaminari, und er scheint jetzt durch das Blut seine vollständige Kraft wiedergewonnen zu haben. Ihr müsst hier schnell verschwinden!" Katana drehte sich um und konnte niemanden entdecken.
„Mit wem redest du?" Doch Natsu antwortete nicht.
„Harhar, zu spät! Ihr werdet mir jetzt nicht entkommen!" Tönte es ihnen entgegen, und aus der Dunkelheit tauchte Kaminari vor ihnen auf.
„Jetzt werdet ihr sterben, harhar!", sprach Kaminari siegessicher.

LEIBWÄCHTER KAI

KAPITEL 10

„Oh nein, ist das nicht der Kerl vom Friedhof?", fragte Aki, der Sakura gleich schützend festhielt.
„Was willst du von uns?", schrie Katana Kaminari an.
„Ich will ihn!", sagte Kaminari und zeigte auf Akarui. Alle drehten sich gleich zu ihm um und verstanden gar nichts mehr.
„Natsu, nimm die Anderen und bringt euch in Sicherheit!", sagte Akarui mit ernster, lauter Stimme. Natsu und die Anderen schauten etwas durcheinander, bewegten sich aber keinen Schritt vom Fleck. Nun ging Kaminari in zügigen Schritten auf Akarui zu.
„Du bist kein normaler Mensch! Durch dein Blut werde ich jetzt noch stärker werden als jemals zuvor!", sagte Kaminari mit rauer Stimme und zog sein Schwert aus der Scheide.
„Was, kein normaler Mensch ... was hat das zu bedeuten?", fragte Katana, der jetzt gar nichts mehr verstand.
„Das ist doch jetzt völlig egal, haut endlich von hier ab!", schrie Akarui nun wütend. Aki, Sakura, Neko und Gin gingen nun einige Schritte rückwärts.
„Katana, Natsu... kommt, wir müssen tun was Akarui sagt!", meinte Neko, die nun auch schützend in Gins Armen lag.
„Ja Natsu, sie hat Recht. Lauft weg!", forderte sie nun auch Ninki zum Gehen auf. Natsu stand immer noch starr da und sah, wie Kaminari auf Akarui zuging.
„Neeeeein!! Dieses Mal werde ich nicht feige weglaufen, ich habe ihm versprochen Sie zu finden! Ihr könnt weglaufen, aber ich bleibe hier!", schrie sie voller Wut und Eifer. Die Anderen blieben stehen und schauten sie verwundert an.

„Ich weiß zwar nicht worum es geht, aber ich weiß, wenn du hier bleibst, tue ich das auch!", sagte Katana und nahm Natsus Hand. Nun stimmte auch Aki zu und begleitete Katana und Natsu.
„Ihr beiden bleibt besser hier stehen, ich will nicht, dass euch etwas passiert.", sagte Gin mit plötzlich freundlicher Stimme zu Sakura und Neko und ging auch.
„Sei bitte vorsichtig!", antwortete Neko, die Gin erst gar nicht gehen lassen wollte.
„Ach wie süß, ihr wollt also alle sterben und mir Blut spenden! Dann hebe ich mir dich zum Schluss auf!", sagte Kaminari belustigt zu Akarui.
Nun lief er viel schneller als zuvor mit dem Schwert ausholend auf Katana, Natsu, Aki und Gin zu. Akarui versuchte vor ihm bei den Anderen zu sein, schaffte es aber nicht, denn er konnte nur noch zusehen, wie er das Schwert auf die Anderen herunterriss. Doch plötzlich knallte und blitzte es sehr doll und es entstand eine enorme Druckwelle, die sogar Kaminaris Schwert zurück schleuderte. Als sich die Druckwelle wieder legte, konnten alle sehen was geschah.
„Oh nein, Ninki! Geht es dir gut?", fragte Natsu besorgt, denn Ninki hatte sie und die Anderen wie auf dem Friedhof mit seinem Energieschutzschild gerettet.
„Was ist das? Und wieso hat es uns gerettet?", fragte Gin, der keine Antwort erhielt.
„Natsu, das ist doch der Hase vom Weihnachtsmarkt? Wieso lebt er und kann sprechen?", fragte Katana erstaunt, der aber ebenfalls keine Antwort erhielt.
„Natsu, mir geht es gut. Ich bitte dich, Kaminari ist noch

stärker als jemals zuvor, flieh mit den A...!" Ninki konnte den Satz nicht mehr ganz aussprechen, denn durch den enormen Kraftverlust fiel er in Ohnmacht. Natsu, der durch Ninkis Anblick die Tränen über die Wangen kullerten, konnte und wollte auf seine letzte Bitte nicht eingehen.
„Es tut mir leid, aber ich werde hier bleiben, egal was passiert! Er hat schon zu vielen Menschen etwas angetan!", sagte sie und drehte sich mit bösen Blicken zu Kaminari um, der immer noch von der Druckwelle auf dem Boden lag.
„Die himmlische Aura auf dem Friedhof kam also doch nicht von dem Zwerg,...!", sprach Kaminari mit erfreuter Stimme und erhob sich.
„....Sie kam von dir, wie jetzt!", schrie er und lief mit dem Schwert in der Hand auf Natsu zu. Katana fackelte auch nicht lange, stellte sich bewegungslos vor Natsu und wartete sein Schicksal ab. Akarui reagierte schnell und lief daraufhin zu den Anderen. Dieses Mal kam er vor Kaminari an und sprang direkt zwischen sein Schwert und Katana. Dieser Moment schien ewig zu dauern, es war so, als wenn die Zeit still stand. Die Anderen standen völlig bewegungslos da, als wenn sie direkt in einen Actionfilm hineingeworfen wurden. Doch plötzlich hörten sie ein Wort, auf das ein helles Licht folgte;
„Change!" Das Licht war blendend hell, sodass niemand recht erkennen konnte, was eigentlich dort vor sich ging. Als das Licht langsam wieder erlosch stand vor Katana plötzlich jemand, den er überhaupt nicht kannte. Er trug einen langen, grauen Mantel mit Schulterschutz und eine

dunkle Brille verdeckte seine Augen. Er hatte Kaminaris Schwert mit seinem eigenen in eine andere Richtung gelenkt, so dass es niemanden traf.

„Das ist also dein wahres Ich? Nicht sehr kräftig!", verspottete ihn Kaminari. Erst jetzt verstanden alle, was er damit meinte. Sie verstanden, dass diese mysteriöse Person Akarui war.

„Mein Name ist Tori und ich werde dir schon zeigen, was ich kann!", schrie Tori und begann den Kampf. Es schien, als wenn sie beide gleich stark waren, aber Kaminari setzte nur einen kleinen Teil seiner Energie ein. Selbst mit diesem kleinen Teil seiner Energie hielt er Tori in Schach.

„Was ist hier eigentlich los?", fragte Katana.

„Ja, das möchte ich auch mal ganz gerne wissen. Was hat das mit diesem Ninki und Tori auf sich? Und was will der Typ überhaupt von uns?", fragte jetzt auch Gin neugierig.

Aki stand immer noch bewegungslos da.

„Das erkläre ich euch alles später, jetzt braucht erst einmal Akar... eh... Tori unsere Hilfe!", sagte Natsu besorgt, während Tori langsam aber sicher die Kraft ausging.

„Du machst jetzt schon schlapp? Haha, das hätte ich mir ja denken können!", lachte Kaminari Tori aus. Es war echt ein harter Kampf. Tori versuchte alles, um Kaminari zu schlagen, aber nichts half.

„So, jetzt ist aber mit diesem Kindertheater Schluss, ich habe noch Anderes zu tun!", schrie Kaminari und beendete den Kampf mit einem Stich in Toris Brust. Dies geschah wie in Zeitlupe. Der Stich, die Schreie und all das spritzende Blut, all dies geschah mit einem müden

Lächeln auf Kaminaris Gesicht. Einem Moment lang hielt nur noch Kaminaris Schwert in Toris Brust ihn aufrecht, doch als Kaminari sein Schwert mit einem schnellen Ruck wieder heraus zog, fiel Tori leblos auf den Boden. Aus seinem Mund floss das Blut, in seinen Augen machte sich immer schneller eine gewisse Leere breit.
„Neeeeeeein!!!!", schrie Natsu, die vergebens versuchte, sich aus Katanas Armen zu befreien, um zu Tori zu laufen. Kaminari beugte sich nun dicht über Tori und bohrte mit seinem Finger noch nachträglich in Toris Verletzung. Tori schrie sich die Seele aus dem Leib, doch Kaminari hörte nicht auf. Als er den Finger wieder heraus zog, leckte er mit der Zunge das frische, warme Blut davon ab.
„Mmh, dieser Energiedrink schmeckt einfach köstlich!", sagte Kaminari mit einem fiesen Grinsen im Gesicht. Katana schloss Natsu tief und fest in seine Arme, damit sie nichts mehr mit ansehen musste.
Dieser Anblick ließ Natsu aber nicht mehr los, er machte sie nur noch wütender.
„Toriiiii!!!!", schrie sie voller Verbitterung und Trauer, dabei bemerkte sie nicht einmal, wie sehr sie dadurch Kaminaris Blicke auf sich zog. Sogar Akarui, der nun keine Kraft mehr hatte, Toris Äußeres zu behalten, drehte seinen Kopf in Natsus Richtung. Die Anderen standen nur da, ihre Augen waren voller Entsetzen und Trauer. Sie wussten, dass sie keine Chance hätten, ihn zu besiegen.
„Hust, hust... Natsu... hust... finde zu deiner Kraft...hust!", keuchte Akarui mit seiner letzten Kraft und einem liebenden Lächeln im Gesicht, dann blieb er bewusstlos liegen. Eine tiefe Stille zog durch den Park, es war die Ruhe vor

dem Sturm, bis es anfing zu regnen. Der Regen prasselte laut nieder und ihm folgten der Blitz und Donner.
„Ich wusste es, deine Aura, du bist Ai!...", schrie Kaminari voller Freude und deutete auf Natsu.
„...verwandle dich, ich will dein wahres Ich sehen!", forderte er sie auf. Nun ließ er Akarui liegen und konzentrierte sich nur noch auf Natsu.
„Ich bin nicht Ai, wie kommst du darauf?", erwiderte Natsu.
„Na gut, wenn du dein wahres Ich nicht zeigen willst, muss ich dafür etwas tun. Wen nehme ich nur dafür...?", sagte Kaminari, der sich umschaute, um auszusuchen, wer der nächste sein wird. Jeder, den er anschaute, zuckte mit der Befürchtung, der Nächste zu sein, zusammen. Seine Wahl fiel.
„... Du! Du bist die Nächste!" Sein Zeigefinger wies auf die verängstigte Neko.
„Lass sie in Ruhe, du willst doch nur was von mir!", schrie Natsu, die Kaminari davon abbringen wollte. Doch Kaminari hörte ihr gar nicht erst zu sondern ging gleich auf Neko zu. Gin hob einen dicken Ast auf und lief damit Kaminari hinterher.
„Du Schwein, lass sie in Ruhe!", schrie Gin und prügelte mit dem Stock auf ihn ein. Kaminari blieb stehen und drehte sich um. Beide blickten sich in die Augen, doch dann holte Kaminari mit der Hand nach Gin aus, sodass er gleich einige Meter weiter flog. Neko, die neben Sakura ängstlich auf dem Boden kauerte, konnte sich nicht mehr bewegen, um wegzulaufen. Nun stand Kaminari direkt vor ihr und griff ihr an den Hals. Immer noch mit der Hand um den

Hals hob er sie hoch. Ihre Beine zappelten in der Luft und konnten nun nicht mehr den Boden berühren. Neko bekam keine Luft mehr und keuchte vor Luftverlangen. Gin, der immer noch auf dem Boden lag, war so wütend und verzweifelt zugleich, dass er nur noch ein Verlangen spürte. Das Verlangen Neko zu helfen. Dieses Verlangen war so groß, dass ihm plötzlich alte Erinnerungen aus einer früheren Zeit in Sekunden durch den Kopf schossen. Erinnerungen, die er bis jetzt verdrängte. Plötzlich hatte er auf all seine Fragen passende Antworten, und er wusste, dass er eine Mission zu erfüllen hatte. Selbstbewusst stand er nun auf und wusste, was zu tun war.

„Change!", schrie er, als wenn es für ihn selbstverständlich wäre. Genau wie Akarui verhüllte nun auch Gin ein helles Licht, welches voller Energie strahlte. Kaminari, der damit überhaupt nicht gerechnet hatte, war völlig überrascht. Mit allem hätte er gerechnet, aber nicht mit dem. Plötzlich trat aus dem hellen Licht eine Figur hervor, von der nur ihre Umrisse erkennbar waren. Es waren nicht die Umrisse von Gin, wie alle dachten, nein, es waren die Umrisse einer völlig anderen Person. Natsu und die Anderen waren genauso überrascht wie Kaminari, als sie die Person genauer erkennen konnten. Eine gewisse Ähnlichkeit zu Gin bestand, doch sein Blick und die Kleidung waren völlig anders. Er trug einen langen schwarzen Mantel, aus dem schwarze Stiefel hervorschauten. Weiterhin wurden seine Haare von einem langen weißen Kopftuch versteckt, sodass nur noch vereinzelte Strähnen empor schauten.

„Lass sie los, sonst kannst du was erleben!", sagte diese merkwürdige Person zu Kaminari mit einem fordernden Ton und einem zornigen Blick.

„Bist du nicht der kleine Rotschopf von eben? Was fällt dir ein, so mit mir zu reden?", schrie Kaminari wütend und schmiss Neko auf den Boden.

„Gin, tu das nicht!", schrie Neko, die gerade unsanft gelandet war und nach Luft schnappte.

„Mein Name ist Kai, und du wirst jetzt für alles büßen, was du uns angetan hast.", schrie Gin, der sich in Kai verwandelt hatte.

DAS ENDE DER ZWEI LEIBWÄCHTER

KAPITEL 11

Kaminari, der immer noch völlig überrascht war, ließ sich Kais Tonwahl nicht gefallen und konterte.
„Komm doch und versuch dein Glück, du Lausebengel! Ich garantiere dir, dass du alleine gegen mich keine Chancen hast. Du wirst genauso scheitern wie dein Freund!", meinte Kaminari mit einem siegessicheren Ton. Kai wusste, dass Kaminari Recht hatte, aber er wollte dies nicht wahrhaben.
„Du wirst jetzt für alles büßen, was du uns angetan hast" Schrie Kai auf einmal und zog ein langes, im Blitz funkelndes Schwert aus seinem langen, schwarzen Mantel hervor.
„Komm her und kämpf wie ein Mann!", versuchte Kai Kaminari zum Kämpfen zu alarmieren, um ihn endlich von Neko wegzulocken. Kaminari stieg natürlich auch sofort auf Kais Aufforderung ein.
„Wie du willst, dann kommst du jetzt als Erster heran und danach kommt Ai!", erwiderte Kaminari und startete gleich einen Angriff auf Kai. Erst nach Kaminaris Worten dachte er wieder an Toris Vorhersage über Natsu, doch zum Denken hatte er nicht mehr viel Zeit, denn er musste sich gegen Kaminari zur Wehr setzen. Kaminari schlug mit seinem Schwert auf Kais Kopfhöhe ein, doch gerade noch rechtzeitig setzte Kai sein Schwert zwischen sich und das von Kaminari. Die Schwerter funkelten im Blitzgewitter und Regen. Für kurze Momente erhellten die Schwerter die düstere Gegend. Nun schlugen die Schwerter aufeinander, so dass es im ganzen Park knallte.
Doch Kaminari schien Kai immer weiter in die Enge zu treiben.

„Du scheinst durch deinen kleinen Energiedrink von eben ganz schön an Stärke dazu gewonnen zu haben. Das wird aber leider nicht reichen, um gegen mich zu bestehen!", sagte Kai, der nun kräftig mit dem Schwert ausholte. Zur gleichen Zeit holte Kaminari mit seinem Schwert aus, sodass beide Schwerter übereinander lagen. Beide drückten und stemmten sich gegen die Schwerter, ein heißes Duell begann.
„Harhar, du meinst, du bist stärker als ich, du Großkotz? Dann pass jetzt mal auf!", erwiderte Kaminari und zeigte Stärke. Er drückte Kai mit einem leichten Hieb zu Boden und legte ihm sein Schwert an den Hals!
„Nein, Gin! Steh auf ... du darfst noch nicht sterben!", schrie Neko, die sich furchtbare Sorgen machte. Alle anderen waren schon völlig vom Regen durchnässt, merkten dies aber nicht, weil sie wie gebannt den Kampf verfolgten. Keiner wollte die folgende Szene sehen, keiner wollte wieder einen Freund leiden sehen. Natsu wollte das alles nicht mehr. Sie blickte kurz in Katanas Augen, die wieder eine gewisse Ähnlichkeit mit denen aus dem Kampf gegen Hato hatten. Diese Augen machten ihr Angst, mehr Angst als vor Kaminari. Sie sah, wie alles um sie herum sich veränderte. <Hat Akarui Recht? Habe ich wirklich eine Kraft? Geschieht dies alles dann wegen mir? Wenn ja, dann muss ich das alles stoppen, ich will nicht noch mehr Menschen verlieren!>, dachte Natsu und fasste einen Entschluss.
„Kaminari! Lass ihn los! Du willst doch mich, also hier bin ich!" Schrie Natsu ihn an.
Kaminari guckte erst ein wenig verdutzt, bekam dann

aber wieder sein fieses Grinsen zurück.
„Ich will nicht dich, ich will Ai! Und die muss ich erst aus dir heraus locken!", sagte er mit einem noch fieseren Grinsen im Gesicht und Schnitt Kai leicht in den Hals. Ein entsetzlicher Schrei hallte durch den Park und der Boden verdunkelte sich schnell mit Kais Blut, doch der Regen ließ schnell alle Spuren verschwinden, so auch die Tränen in Nekos Gesicht! Sie konnte nicht mehr aufhören zu weinen, ihr wurde das alles viel zu viel. Nur noch Sakura und Aki, die bei ihr in der Nähe standen, konnten sie einigermaßen beruhigen, obwohl sie selber genauso viel Angst und Trauer empfanden. Dieses Geschehen hingegen veränderte Katana immer mehr, seine Augen verloren die Wärme und wurden immer kälter.
„Wenn du dich nicht auf der Stelle verwandelst wird ein weiterer Schnitt folgen, der sein Ende bedeutet!", sagte Kaminari wütend und holte schon mit seinem Schwert aus.
„Ich würde ja, wenn ich könnte, aber es geht nicht!", schrie Natsu hysterisch und verzweifelt zugleich, denn sie wusste nicht, wie sie sich verwandeln sollte! Dadurch baute sie immense Aggressionen auf, die wiederum zu einer Steigerung ihrer Aura führten.
„Dann töte doch mich und lasse die Anderen endlich in Ruhe!" Schrie Natsu voller Verbitterung und bot sich im Tausch gegen die Anderen an. Diese Worte füllten Katanas Augen langsam wieder mit Wärme, denn er merkte, dass Natsus Aura stieg. Diese Wut und Trauer spürten jetzt sogar Kaminari und Kai, die sich deswegen kurze Zeit anschauten. Dadurch wusste Kai, dass Kaminari

ebenfalls Natsus Aura spürte.
„Harhar, du willst dich für diese Waschlappen opfern? Dann komm her, komm zu mir!", lockte Kaminari Natsu zu sich. ‹Akarui hatte Recht, sie hat eine Kraft, aber ist das die von Ai? Wenn ja, dann bin ich ihr Leibwächter und muss sie mit meinem Leben beschützen!›, dachte sich Kai, der reagieren musste.
„Natsu bleib da! Lauf am besten mit den Anderen so schnell weg wie du kannst, hast du verstanden? Mach dir keine Sorgen!", bat er Natsu mit einem Blick, der so flehend wirkte, als wenn es sein letzter Wunsch war. Er wusste, dass es Selbstmord war, aber er musste sie schützen!
„Schweig...!", schrie Kaminari und holte doch zum entscheidenden Schlag aus. Alle anderen schrien vergeblich, dass Kaminari aufhören sollte, doch er hörte nicht! Das Schwert kam immer dichter an Kais Hals. Für Kai war schon innerlich alles vorbei, er hatte mit allem abgeschlossen, außer mit einem...
„Neko...!", bat Kai Neko ihm zuzuhören. „...Ich habe mich in dich verliebt!" Hallte es letztendlich vor der Stille aus Kais Mund, mit einem so zärtlichen Klang, dass diese Worte wohl noch lange in den Ohren der Anderen festgehalten werden! Besonders in denen von Neko. Ihr Blick verlor an Leben, nun wirkte sie wie eine leblose Puppe. Auch den Anderen entwich so langsam das normale Leben, der Schock war zu groß! Katana zögerte nicht lange und griff nach Natsus Hand. Sie starrte nur auf Gins auf dem Boden liegenden Körper, der sich nicht mal mehr regte oder zuckte. ‹Jetzt auch noch Kai? Die Geschichte pas-

siert genauso wie sie im Buche steht, bloß dass wir jetzt alle die Hauptrollen haben! Bin ich denn wirklich diese Ai? Wenn ja, wie soll ich... So starr ihre Blicke auch waren, die Gedanken schossen nur so durch sie hindurch bis Katana sie unterbrach und fast schon gewaltsam mit sich zog. Er wusste, dass es hier sonst ihr letzter Tag werden würde.

„Das hätten wir schon von Anfang an machen sollen!", hastete er während des Weglaufens aus seinem Mund. Die Anderen überlegten nicht lange und liefen auch so schnell sie konnten Katana und Natsu hinterher.

„Weglaufen nützt euch nichts mehr, eure Tage sind gezählt!" Sie liefen so schnell sie konnten, doch es nützte nichts, Kaminari war schneller. Plötzlich und mit einer gewaltigen Geschwindigkeit tauchte er vor ihnen auf.

„Ich sagte doch ihr könnt nicht entkommen. Ich habe eine Mission zu erfüllen, schließlich bin ich bloß wegen dir hier, Ai!" Deutlich wies Kaminari mit seinem blutigen Schwert auf Natsu. Diese stand verzagt, aber auch standhaft vor ihm. Nach dem, was sie alles gesehen hatte, schien ihr alles egal zu sein. Doch Katana war nicht alles egal, und besonders nicht Natsu, deswegen stellte er sich schützend vor sie. Er blickte Kaminari mit wütenden Blicken ohne Angst und Furcht in die Augen. Kaminari reagierte nicht mit Worten auf Katanas Tat, sondern nahm mit arrogantem Blick sein Schwert in beide Hände und glitt mit der Zunge die Klinge entlang. Er leckte jeden Blutstropfen ab, bevor ihn sich der Regen holte.

„Du jagst mir keine Angst ein! Also lass uns endlich in Ruhe!", forderte Katana ihn auf.

„Du ... „, schrie Kaminari mit immer wütenderer, lauter werdender Stimme und ließ eine kleine schwarze Energiekugel erscheinen! „...hast mir gar nichts zu sagen!", schrie er fast schon explodierend und warf die geformte Energiekugel direkt auf Katana! Dieser bewegte sich jedoch kein Stück. Katana schloss seine Augen und blieb standhaft vor Natsu stehen. Für Alle waren es Sekunden, für Katana waren es Minuten. Minuten, in denen er noch einmal alles sah, was er und Natsu zusammen erlebt hatten. Minuten, in denen er sah, was er noch nie zuvor gesehen hatte. Er befand sich in einem unendlichen Universum. Er sah eine fremde Welt, voller Kälte, eine Kälte, die eine fremde Person umschloss. ‹Wer bist du, und warum wird mir so kalt?›, schwirrte es in den letzten Sekunden in Katanas Gedanken umher, doch diese Person antwortete ihm nicht. Es waren seine letzten Sekunden, denn kurz darauf durchsausten ihn Millionen von schwarzen Blitzen, die voller Kälte waren. Zuckend und mit leerem Blick fiel Katana zu Boden.

„Neeeeeeein... Katana...!", schrie Natsu nun völlig außer sich.

AI ERWACHT

KAPITEL 12

„Neeeeeeein ... Katana ...!", schrie Natsu nun völlig außer sich.
„Tja, da seht ihr mal, was passiert, wenn man sich mit mir anlegt!", sagte Kaminari stolz und ging nun auf Natsu zu. Diese kniete nur regungslos vor Katana und blickte starr auf seinen Körper. Sie konnte nicht begreifen, dass jetzt schon alles vorbei sein sollte.
„Nein, es kann nicht vorbei sein, steh auf Katana, steh auf!!!", sagte sie mit immer lauter werdender, schluchzender Stimme. Sie war so getroffen und starr von dem Anblick, dass nicht eine Träne aus ihren Augen weichen konnte, doch ihre Stimme hörte sich immer verzweifelter an. Sie fing sogar an, Katana zu schütteln, doch er bewegte sich nicht.
„Steh bitte endlich wieder auf... Wir wollten doch noch so viel machen... Du hast mir doch versprochen, dass wir nächstes Jahr zum Eisfestival fahren... Steh bitte wieder auf!", schrie sie nun endgültig verzweifelt.
„Natsu pass auf! Lauf endlich weg, so schnell du nur kannst!", schrie Sakura, die sich mit Aki um Neko kümmerte.
„Harhar, Weglaufen nützt nichts! So ein jämmerliches Volk lebt auf diesem Planeten, ich weiß gar nicht, wieso du so einen Aufstand wegen so eines Nichtsnutz machst!", meinte Kaminari, dem jegliches Leben sowieso egal war. Dieser Satz schoss in Natsus Herz wie eine Patronenkugel, die aus nächster Nähe abgeschossen wurde. Er brannte sich richtig in ihr Herz und öffnete ihr die Augen. Nun raffte sie sich auf und ging mit langsamen Schritten auf Kaminari zu. Obwohl er nur noch einige Schritte von

ihr entfernt war, blieb sie nicht stehen. Sie hatte nichts mehr zu verlieren, alles was ihr je etwas bedeutet hatte existierte nicht mehr. Also fasste sie allen Mut zusammen, auch wenn das ihre letzten Worte wären.
„Du hast doch keine Ahnung was dieser „Nichtsnutz", so wie du sagst, mir bedeutet hat!", sagte sie zu Kaminari mit immer lauter werdender Stimme.
„Du hast doch keine Ahnung was es überhaupt bedeutet zu lieben!", schrie sie nun voller Trauer und blieb genau vor ihm stehen.
„Duuu, hast auch keine Ahnung, dass...", bevor sie auch noch diesen Satz zu Ende sprechen konnte, packte Kaminari Natsu auch schon am Hals und würgte sie.
„Na, hast du mir vielleicht jetzt noch was zu sagen?", scherzte Kaminari und drückte noch mehr zu, sodass sie keine Luft mehr bekam.
„...dddas Liliebe eeinem sosoviel Ststärke geben kkann!", brach es noch mit letzter Kraft aus ihr heraus. Ihr letztes Wort schien in diesem Moment auch ihr letzter Atemzug gewesen zu sein, denn alles wurde still und alles stand still. Selbst der Wald um sie herum gab keinen Laut von sich. Nur noch ihre Augenlider bewegten sich, sie schlossen sich und nahmen mit ihrer letzten Bewegung eine Träne mit. Eine Träne, die voller Hoffnung leuchtete, eine Träne, die aus der Liebe, Trauer und Wut zugleich entstand. Dieses Licht der Hoffnung umhüllte Natsu und ließ sie erstrahlen. Kaminari riss seine Hand von Natsus Hals los und wich einige Meter zurück. Er machte sich bereit, denn nun merkte er, dass es schwierig für ihn werden würde. Er merkte, dass Natsus Aura nicht mehr

aufhörte zu steigen und das dass Leuchten immer mehr zunahm. Ihre ganze Statur erstrahlte und man konnte immer mehr zusehen, wie sie sich veränderte. Plötzlich wurde das Licht so stark, dass alles in der Umgebung vom Licht verschlungen wurde. Die Zeit schien still zu stehen. Doch da trat aus dem Lichtkegel eine wunderschöne Figur hervor.
„Natsu!", riefen Sakura und Aki gleichzeitig. Aber war sie es wirklich? Kaminari wusste, wer diese Person wirklich war.
„Harhar, jetzt zeigst du also endlich dein wahres Ich!... Engelskönigin Ai!", freute sich Kaminari, während er langsam sein Schwert zog und es in Kampfposition brachte. Nun verschwand langsam das Licht und es wurde wieder so dunkel wie zuvor. Nur ab und zu erstrahlte der ganze Park durch einen aufkommenden Blitz.
„Ich sagte doch, dass du keine Ahnung hast, wie viel Stärke einem die Liebe geben kann, und dein Unwissen wirst du jetzt am eigenen Leibe spüren!", sprach Ai, die genauso wie Kaminari ihr Schwert zog. Nun gingen beide mit wenigen Schritten aufeinander zu und machten sich für den Kampf bereit.
„Du wirst mir nicht auf der Suche nach Kage im Wege stehen!! Ich hole mir jetzt dein Blut und den Soulstone!", schrie Kaminari mit einem wütenden Blick auf Ais Kettenanhänger, der bei Lichteinfall blutrot funkelte. Mit diesem Satz begann der Kampf, beide liefen aufeinander zu und schlugen ihre Schwerter gegeneinander, sodass es im ganzen Park widerhallte. Sie bewegten sich so schnell, dass keiner ihnen folgen konnte, nur ab und zu konnte man

kleine Blitze erkennen, die aus dem Zusammenprall der zwei Schwerter entstanden. Keiner schien unterlegen zu sein, keiner schien je aufgeben zu wollen, beide kämpften mit voller Kraft und schenkten sich nichts. Erneut knallten beide Schwerter aufeinander und blieben zusammen in der Luft stehen. Beide versuchten mit voller Kraft das jeweils andere Schwert wegzudrücken, doch es passierte nichts. Man konnte jedem von ihnen die Anstrengungen im Gesicht ablesen, man konnte all ihre Schnitt- und Schlagwunden erkennen. Genauso wie sich ihre Kleidung durch das Blut verdunkelte, verdunkelte sich auch der Himmel. Weitere, dickere Wolken zogen über ihnen auf und das Gewitter verschlechterte sich. Immer mehr Blitze schlugen ein, so auch in diesem Moment des Stillstandes.
Genau über ihnen löste sich ein Blitz und krachte in ihre zusammengeschlagenen Schwerter. Die Schwerter nahmen all die Kraft und Elektrizität des Blitzes auf, sodass alles mit einer gewaltigen Explosion endete.
Alles in der Umgebung wurde für kurze Zeit unter Strom gesetzt. Kaminari und Ai wurden von einer gewaltigen Druckwelle gleich mehrere Meter weiter geschleudert. Jeder prallte hart auf dem Boden auf. Eine kurze Stille begann, sodass jeder kurz nach Luft schnappen konnte. Beide saßen völlig entkräftet auf dem Boden und starrten sich innig in die Augen. Keiner wollte sich seine Situation anmerken lassen. Doch dann folgte der Donner und dieser gab den Startpfiff des entscheidenden Finales. Beide sprangen fast gleichzeitig auf und liefen wieder aufeinander zu. Gerade als sich ihre Schwerter berühren wollten, wurden sie wieder von einer Art Blitz getrennt. Es war

eine schwarze Energiekugel, die ganz aus der Nähe kam. Beide blieben erstaunt stehen und wendeten ihre Blicke in die Richtung, aus der die Kugel kam.

„Wer wagt es, unseren Kampf zu unterbrechen?", schrie Kaminari genervt, dem die Störungen lästig wurden.

„Aber aber, wie sprichst du denn mit deinem König?!", kam es aus der Dunkelheit immer näher. Als Kaminari und Ai sahen, wer dort auf sie zukam, konnte keiner seinen Augen trauen.

DIE ZWIESPALTUNG

KAPITEL 13

Es war Katana, der sich anscheinend wieder von Kaminaris Angriff erholt hatte, doch sein Blick war völlig anders. Es war ein eisiger Blick, der einem eiskalt den Rücken runter lief.

„Ka, Katana ... !"

„Schweig!" Unterbrach Kaminari Ai und kniete vor Katana nieder.

„Ich bin nicht mehr Katana!!! Darf ich mich vorstellen... ich bin Kage, der König der Hölle!", sprach Kage mit einem sehr arroganten Ton.

„Katana, was soll das?", rief Aki aus der ferne, da er Katanas Worte nicht verstand.

„Schweig, du gehst mir gewaltig auf die Nerven!", schrie Kage und schleuderte einen Blitz auf Aki und Sakura, welche gleich bewusstlos zu Boden fielen.

„Keine Angst, sie sind nur bewusstlos. Jetzt sind wir endlich unter uns!", sagte Kage mit einem fiesen Grinsen auf den Lippen. Ai wusste nicht mehr, was sie sagen sollte, sie wusste gar nichts mehr. ‹Wie kann das sein, wieso ist er so anders? Was soll ich bloß machen?› Ais Gedanken wurden immer verwirrter und sie konnte keinen klaren Gedanken mehr fassen.

„Ich danke dir Kaminari, aber jetzt übernehme ich. Weiterhin verbiete ich dir jegliche Einmischung, ich habe da nämlich noch etwas abzuschließen!", meinte Kage zu Kaminari und griff nach dem Schwert. Kaminari wagte es nicht, sich zu widersetzen und übergab es Kage missmutig.

„Ai! Wir haben noch etwas zu beenden! Du weißt, dass ich deinen Soulstone immer noch haben will!", schrie Kage und brachte sein Schwert in Kampfposition!

„Katana, wach endlich auf!", schrie Ai zurück und erhoffte sich, Katana wach zu kriegen.
„Wie oft soll ich es dir noch sagen, ich bin KAGE!", schrie er entnervt und startete seinen Angriff. Er lief mit blitzschneller Geschwindigkeit auf Ai zu und peitschte nach ihr mit seinem Schwert. Erst dort erkannte Ai den Ernst der Lage und musste mit Bedauern feststellen, dass sie es wirklich nicht mehr mit dem Menschen zu tun hatte, den sie über alles liebt. Sie musste reagieren, auch wenn sie es nicht wollte. Sie konnte jetzt nach allem nicht so einfach aufgeben, also hielt sie ihr Schwert gegen Kages Angriff. Er griff sie ununterbrochen an, doch statt selbst einen Angriff zu starten hielt sie nur dagegen.
„Katana, hast du denn alles vergessen?" Versuchte sie immer wieder Erinnerungen von Katana zu wecken, doch es klappte nicht!
„Willst du es denn immer noch nicht wahrhaben, dass ich nicht dein Katana bin?", schrie Kage und legte nun mehr Gewalt in seine Angriffe. Doch Ai wollte ihn weiterhin einfach nicht angreifen, schließlich würde sie nicht nur Kage, sondern auch Katana verletzen. Deswegen versuchte sie einfach nur seine Angriffe abzublocken. Sie merkte nicht, dass sie sich durch Kages Angriffe immer mehr in die Enge treiben ließ. Langsam aber sicher verlor sie ihre Kräfte und damit auch ihre Abwehr.
Sie wusste einfach nicht mehr, was sie noch tun könnte. Kage kam immer dichter und griff weiter ununterbrochen an. Mit einem letzten gewaltigen Schlag schaffte er es letztendlich doch, ihr das Schwert aus der Hand zu schlagen.

„Harhar, hab ich es doch gewusst! Du bist nicht die richtige Ai. Du hast zwar dieselbe Aura, aber Ai hätte ich nicht so schnell besiegen können!", sprach Kage ihr enttäuscht ins Gesicht.

„Aber es ist mir völlig egal wer du bist, Hauptsache ist, du hast den Soulstone!", sagte er mit gierigen Blicken auf Ais Kette und ging mit langsamen Schritten auf sie zu. Nun konnte sie nicht mehr gegen ihn angehen, der Kampf schien verloren. Jeden Schritt, den Kage auf sie zukam, ging sie rückwärts. Doch weit kam sie nicht mehr, denn schon nach wenigen Schritten stoppte sie ein Baum. Sie konnte die nasse, gewellte, harte Rinde an ihrem Rücken spüren. Von den Blättern kullerten kalte Wassertropfen auf sie nieder, die in ihrem braunen Haar entlang liefen und sich in ihrem Gesicht mit herab laufendem Schweiß trafen. Ihr ganzes Gesicht glühte vor Erschöpfung und ihr Atem verdampfte in der kalten Luft.

„Du bist erledigt, du hast keine Chance mehr!", sagte Kage, der nun direkt vor Ai stand und ihr sein Schwert gegen die Kehle drückte.

„Katana...", begann sie ihren Satz, doch Kage wollte diesen Namen einfach nicht mehr hören, deswegen drückte er mit noch mehr Gewalt zu. Die Klinge schob sich langsam, aber sicher in Ais Hals und würde noch ein paar Zentimeter tiefer ihren Tod bedeuten. Doch auch mit diesem Wissen versuchte sie es ein letztes Mal. Ein letztes Mal wollte sie die wichtigsten Wörter ihres Lebens sagen.

„....ich liebe Dich!!!!!!", kam es mit so viel Schmerz und Liebe über ihre Lippen, dass im gleichen Moment der Soulstone anfing zu leuchten und Ai im roten Licht verschluckte.

Das Leuchten wurde so stark, dass selbst Kage ihm zum Opfer fiel und auf die Knie zu Boden sank. Er fing an zu schreien und fasste sich ständig an den Kopf.
„Nein, nicht! Der Körper gehört jetzt mir!", schrie er völlig verwirrt und versuchte aufzustehen, doch irgendwie gelang es ihm nicht. Irgendwie sah es aus, als wenn ihn jemand daran hindern würde.
„Natsu! Schnell, lauf weg.", forderte eine liebevolle Stimme, die direkt zu Natsu sprach. Es war Katana, der es irgendwie geschafft hat, Kages Bewusstsein für kurze Zeit zu unterdrücken. Doch Natsu konnte ihn nicht hören, denn sie schwebte immer noch in dem roten Lichtkegel, der sie anscheinend heilte, denn man konnte erkennen, dass all ihre Wunden, selbst die ihr von Kage am Hals zugefügte, verschwanden. Weiterhin brach etwas aus ihrem Rücken hervor. Erst sahen sie wie kleine Arme aus, doch dann formten sie sich zu wunderschönen weißen Flügeln, die im hellsten Glanz schimmerten. Ihre ganze Kleidung veränderte sich und erstrahlte in der schönsten Pracht. Ihre ganze neue Erscheinung ließ die dunklen Wolken und die Dunkelheit im Park weichen. Alles erstrahlte in seiner schönsten Form und die Sonne fing an, sich hinter dem Horizont hervor zu mühen. Kaminari erstarrte, denn solche Macht hatte er noch nie in seinem Leben gespürt.
Er wollte eingreifen, er würde versuchen etwas gegen Ais Macht zu unternehmen, doch es wurde ihm verboten. So durfte er nur wie ein Zuschauer daneben stehen und abwarten. Er konnte nur noch zusehen, was mit seinem Meister geschieht und wer dort aus dem Lichtkegel hervortrat.

„Harhar, du bist die richtige Ai! Hab ichs doch gewusst.", ertönte es mit einer fiesen Stimme aus Katanas Mund. Es war Kage, den Katana nicht mehr unterdrücken konnte. Er richtete sich auf und hielt sich krampfhaft an seinem Schwert fest.

„Du wirst es nie lernen, oder? Du wirst nie die wahre Stärke der Liebe fühlen!", sagte Ai, die nun völlig verändert vor ihm stand.

„Ich will dir zeigen, was dir schon seit hunderten von Jahren fehlt.", sagte sie so liebenswert und mit einem liebevollen Lächeln auf den Lippen, als wären sie nie Feinde gewesen. Obwohl er weiterhin sein Schwert nicht los ließ, ging sie mit geöffneten Armen auf ihn zu.

DER ANFANG VOM ENDE

KAPITEL 14

Nun war sie nur noch wenige Schritte von ihm entfernt und er ließ sein Schwert immer noch nicht fallen. Kage stand da wie angewachsen, wie ein Baum, den kein Lüftchen bewegen konnte. Trotzdem setzte sie jetzt ihren letzten Schritt genau vor ihn und lächelte ihn freundlich an. Sie schloss ihre Augen mit vollem Vertrauen und breitete ihre Arme gleichzeitig mit den weißen Flügeln aus. Kage sagte nichts, anscheinend wusste er auch nicht mehr, was er noch tun könnte. Er wusste, er hatte diesen Kampf verloren, genau wie den von vor hunderten von Jahren. Ais Arme umschlossen Kage nun fest und drückten ihn dichter zu sich heran, hinzu kamen ihre Flügel, die die Umarmung noch fester umschlossen. Ein helles rotes Licht, das von Ais Soulstone ausging, umschloss die beiden. Von ihm ging eine wohltuende Wärme aus, die sich um die beiden zuzog. Von weitem sah es aus, als wenn ein wunderschöner, weißer Schwan seinen Nachwuchs behutsam in der roten Abendsonne beschützt. Kages leblose, bösartige Augen, die Ai anschauten, fingen langsam an sich mit Wärme zu füllen. Doch es sah aus, als wenn sein inneres Ich immer noch dagegen ankämpfen würde, denn er hielt das Schwert immer noch krampfhaft in seiner rechten Hand fest. Diese Hand zitterte, als wenn sie nicht wüsste, was sie tun sollte.

Doch für eine letzte Sekunde schien er noch mal er selbst zu sein, denn mit einem plötzlichen, fiesen Grinsen und mit Augen voller Hass und Kälte rammte er ihr sein Schwert mit einem kräftigen Ruck in den Bauch. Diese eine Sekunde schien das ganze Spektakel wie vor hunderten von Jahren zu wiederholen, als hätten diese zwei Kämpfer kein anderes Schicksal als eine Endlosschleife von Kämpfen.

„Ich will nicht, dass es unser Schicksal ist, immer wieder gegeneinander zu kämpfen! Ich will nicht, dass noch mehr Leute wegen unseren Kämpfen sterben!", sprach Ai krampfhaft mit juchzender Stimme. Dabei liefen ihr einige Tränen übers Gesicht und prasselten auf den Soulstone herunter. Durch ihre enorme Verletzung verlor sie immer mehr an Kraft, sie wusste, dass sie keine Zeit mehr hatte.

„Deswegen werde ich jetzt dass Böse ein für alle Male vernichten!", schrie sie und gab dabei all ihre Kraft durch den Soulstone frei. Der Soulstone schwebte nun in den Himmel und fing dort an zu leuchten. Er leuchtete so stark, dass selbst ganz Tokio im roten Licht versank. Freudestrahlend und mit Tränen im Gesicht fiel Ai völlig kraftlos zu Boden. Ihre wunderschönen Flügel zogen sich zurück und sie nahm wieder die Gestalt Natsus an. Vom Licht überwältigt gingen Kage und Kaminari ebenfalls zu Boden und Kaminari löste sich im roten Licht auf wie der Nebel durch die Sonne. Die kraftvollen Strahlen saugten all ihre bösen Energien und Gedanken aus ihnen heraus und ließen sie ein für alle Male verschwinden.

Das Licht war so voll Liebe und Energie, dass alles, was während des Kampfes zerstört wurde, sich wieder anfing neu zu regenerieren. Alle Liebespaare, denen das Blut ausgesaugt wurde, Neko, Aki, Sakura und Ninki erlangten wieder ihr Bewusstsein. Auch Katana erwachte wieder in seinem eigenen Körper. Selbst diejenigen, die getötet wurden, erlangten durch die Kraft des Soulstone ihr Leben zurück. Nun verschwand langsam das helle Leuchten und der Soulstone verlor an Kraft. Aber nicht nur das, selbst seine Farbe ging verloren und er wurde zu einem einfachen Stein, der wie eine Sternschnuppe vom Himmel auf die Erde fiel.

„Sakura! Wach auf!", versuchte Aki, der als erstes zu sich kam, Sakura zu wecken.
„Mhm...!" Öffnete sie langsam ihre Augen, doch da schossen ihr die Erinnerungen durch den Kopf.
„Aki, ist es vorbei?", riss sie plötzlich ihre Augen auf.
„Ja, anscheinend ist es vorbei!", antwortete er ihr glücklich und sie umarmten sich.
„Was ist mit Neko?", fragt Sakura, als sie ihre Freundin immer noch neben sich liegen sah.
„Ich weiß es nicht, sie steht wahrscheinlich noch unter Schock, denn ihre Augen sind offen, aber sie reagiert nicht mehr!", antwortete Aki.
„Neko! Neko, komm bitte endlich zu dir, es ist endlich vorbei!", schrie Sakura Neko an und rüttelte sie, doch sie reagierte gar nicht auf Sakuras Aktionen. Ihre Augen blickten nur ins Leere und ohne Lebensfreude.
„Was ist denn hier los, warum schreit ihr hier so herum? Ist irgendetwas passiert?", alberte eine Person, die mit schnellen Schritten auf die drei zukam. Nekos Augen füllten sich rasend schnell mit Leben und wendeten sich von der Leere ab. Sie stand auf und konnte ihren Augen kaum trauen.
„Gi..Gi..Gin, du du lebst?", sprach sie, ohne es selber

glauben zu können. Trotzdem ließ sie sich nicht davon abhalten, es selber mit eigenen Händen herauszufinden. So lief sie freudestrahlend auf ihn zu und umarmte ihn mit Tränen in den Augen.
„Aua, Aua, nicht so doll, mein Hals tut übelst weh!", spielte er die ganze Situation wieder runter, doch da sagte Neko etwas ganz unerwartetes.
„Gin, ich habe mich auch in dich verliebt!"
Er wusste nicht mehr, was er darauf noch antworten sollte. Er lächelte und schloss seine Augen. Neko schloss ebenfalls ihre Augen und merkte nur noch, wie seine zarten Lippen ihre sanft berührten.

Einige Meter von ihnen entfernt versuchte Katana Natsu aufzuwecken.
„Natsu, kannst du mich hören? Mach bitte die Augen auf!", forderte Katana Natsu auf.
„Mmh... Katana, bist du es wirklich?, fragte Natsu mit dem Zweifel, ob es sich nicht wieder um Kage handelt.
„Ja, ich bin es, du hast es geschafft, es ist endlich vorbei!", antwortete er Natsu, die daraufhin Katana freudestrahlend umarmte!
„Komm, lass uns zu den Anderen gehen, sie sind alle wieder wohl auf, dank deiner Kraft!", sagte Katana und reichte ihr die Hand zum Aufstehen. Doch Natsu schaffte es nicht ganz aufzustehen und fiel völlig kraftlos wieder zu Boden.
„Entschuldige, aber ich...", bevor sie diesen Satz überhaupt zu Ende sprechen konnte, hob Katana sie schon zärtlich auf und nahm sie auf beide Arme.

„Na komm mein Engel, auf zu den Anderen!", lächelte er sie zufrieden und glücklich an.
„Da sind Katana und Natsu!", rief Neko voller Freude.
„Natsu, Katana, wie geht es euch?", schrie Sakura, die gleich mit offenen Armen zu ihrer besten Freundin laufen musste. Alle waren so glücklich und voll Freude, dass alles endlich vorbei war und gut zu Ende ging. Bis Natsu etwas auffiel.
„Wo ist eigentlich Akarui?", fragte Natsu verwundert. Alle drehten sich suchend um, konnten aber niemanden entdecken.
„Da ist er, zusammen mit dem Hasen!", schrie Gin und zeigte auf die Stelle, wo der Soulstone wieder vom Himmel auf die Erde fiel. Als sie sahen, wie Akarui auf dem Boden hockte, gingen sie schnell zu ihm. Als alle neben ihm standen und ihn ansprachen reagierte er überhaupt nicht. Er hockte nur auf dem Boden und hielt etwas krampfhaft in seinen Händen.
„Ninki, was ist mit Akarui los?", fragte Natsu, die sich Sorgen machte.
„Ich weiß es nicht, seitdem er wieder zu sich gekommen ist und ich ihm alles erzählt habe sitzt er hier mit dem Stein in der Hand!", berichtete Ninki, der auch wieder bei Kräften war.
„Sie ist schon wieder von mir gegangen... ich konnte sie ein weiteres Mal nicht beschützen!", kam es leise mit zitternder Stimme aus Akaruis Mund gehaucht, worauf auch Tränen folgten. Dieser herzzerreißende Moment vereiste jedem die Stimme, keinem brach auch nur ein Wort hinaus. Jeder konnte ahnen, was er fühlte, aber keiner

konnte die passenden Worte finden. Mit jeder Träne, die ihm aus den gläsernen Augen lief, fiel ein weiterer Tropfen aus dem weinenden Himmel hinunter auf die Erde. Der Wind fegte zwischen den Bäumen hindurch und somit begann der Park zu heulen. Es schien, als wenn die Erde weinen würde um das Schicksal der zwei Liebenden, die sich so nah, aber doch so fern sind.

Mit jedem weiteren Gefühlsausbruch Akaruis wurden die Tropfen und das Gejaule immer stärker, bis der Stein in seinen Händen vor Schmerz zerbrach. Mit dieser Sekunde wurde es still und der Regen verzog sich. Aus Akaruis Hand drang ein rotes Licht voll Wärme, es pulsierte in seiner Hand wie ein schlagendes Herz, es pochte gleich mit seinem in einem Takt. Auf die eine Sekunde folgte die nächste, in der dass Leuchten immer stärker wurde, bis es ganz ausbrach. Wie ein Lauffeuer breitete es sich in Sekunden aus und nahm jedem die Sicht. Jeder war für einige Sekunden geblendet und musste erst einmal wieder klare Sicht bekommen, doch was sie sahen, konnten sie kaum glauben.

Vor Akarui lag ein Mädchen mit einem engelsgleichen Gesicht und Haut, die die Farbe einer Perle hatte. Ihre langen, wunderschönen, braunen Haare bedeckten ihre formschöne Weiblichkeit, denn sie war nackt. Akarui konnte es kaum glauben, wurde sein Traum endlich war?

„Ai, bist du es wirklich? Wach auf, bitte!", flehte Akarui die junge Dame an. Alle fingen sofort an, durcheinander zu sprechen

„Was, das ist Ai?"

„Wie ist das möglich?" Doch keiner wollte es nach diesen

Ereignissen wirklich noch in Frage stellen, denn die Kraft der Liebe ist die stärkste, die es überhaupt gibt. Wenn wir sie besitzen, ist uns fast alles möglich!

ENDE

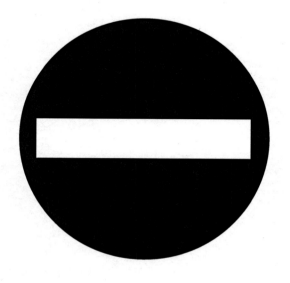